五福五代堂古稀天子寶

八徵耄念之寶

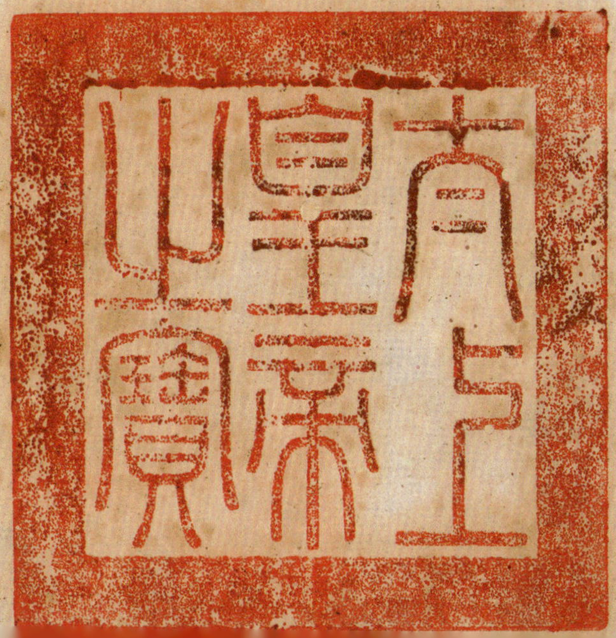
太上皇帝之寶

重刊許氏說文解字五音韻譜卷四

下平聲二

庚 五十二古行切庚

行 五十三戶庚切行

朙 五十四武兵切明

冥 五十五莫經切冥

生 五十六所庚切生

京 五十七舉卿切京

卯 五十八去京切卯讀若卿

兄 五十九許榮切兄

臤 六十苦耕切臤讀若鏗又苦閑切

晶 六十一子盈切晶

青 六十二蒼經切青

丁 六十三當經切丁

冂 六十四古熒切冂與坰同

仌 六十五筆陵切仌讀若冰

能 六十六奴登切能

丘 六十七去鳩切丘

裘 六十八巨鳩切裘

牛 六十九語求切牛

酋 七十字秋切酋

舟 七十一職[illegible]

雔 七十二[illegible]

[illegible] 七十三[illegible]

𢆶 七十四[illegible]

丩 七十五

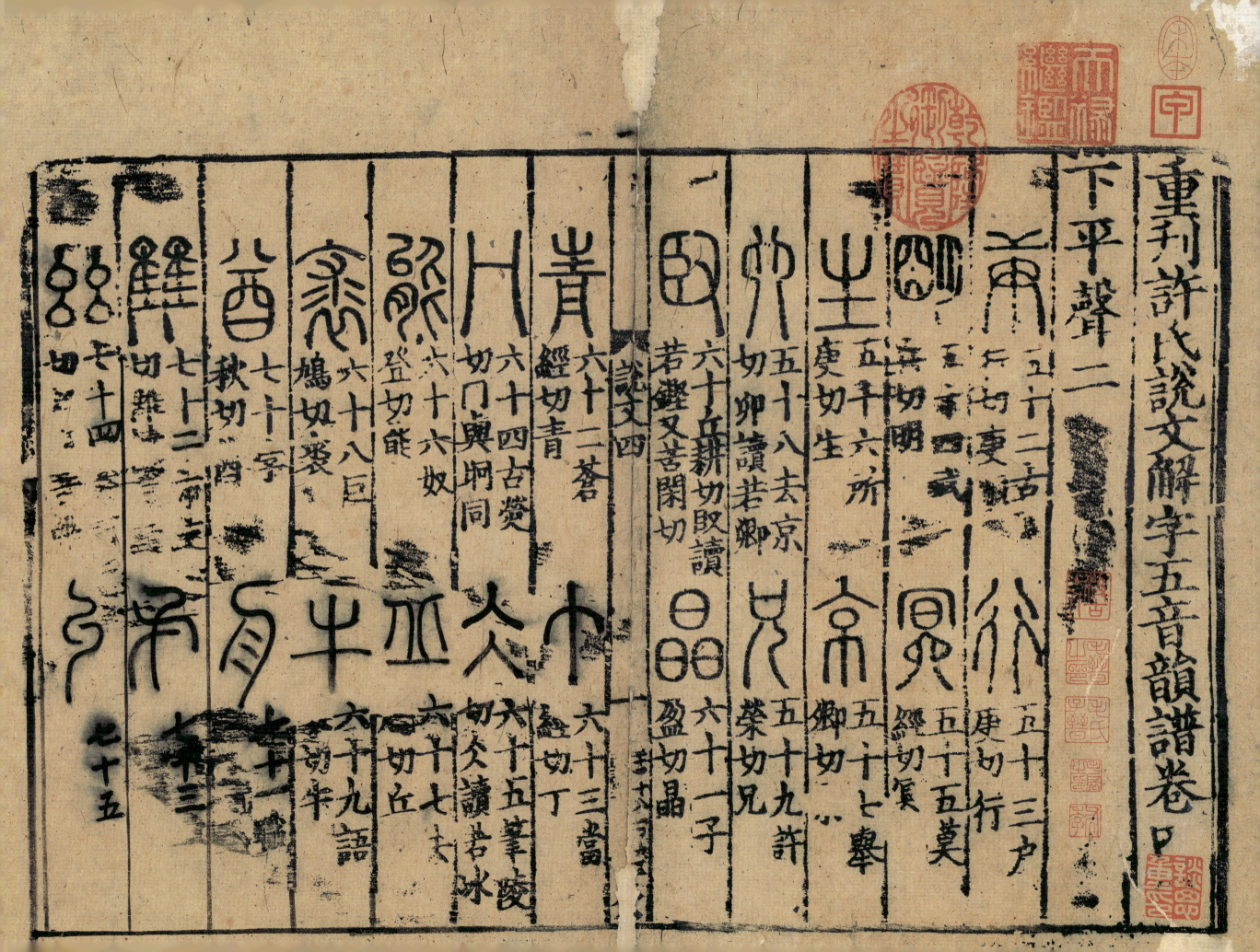

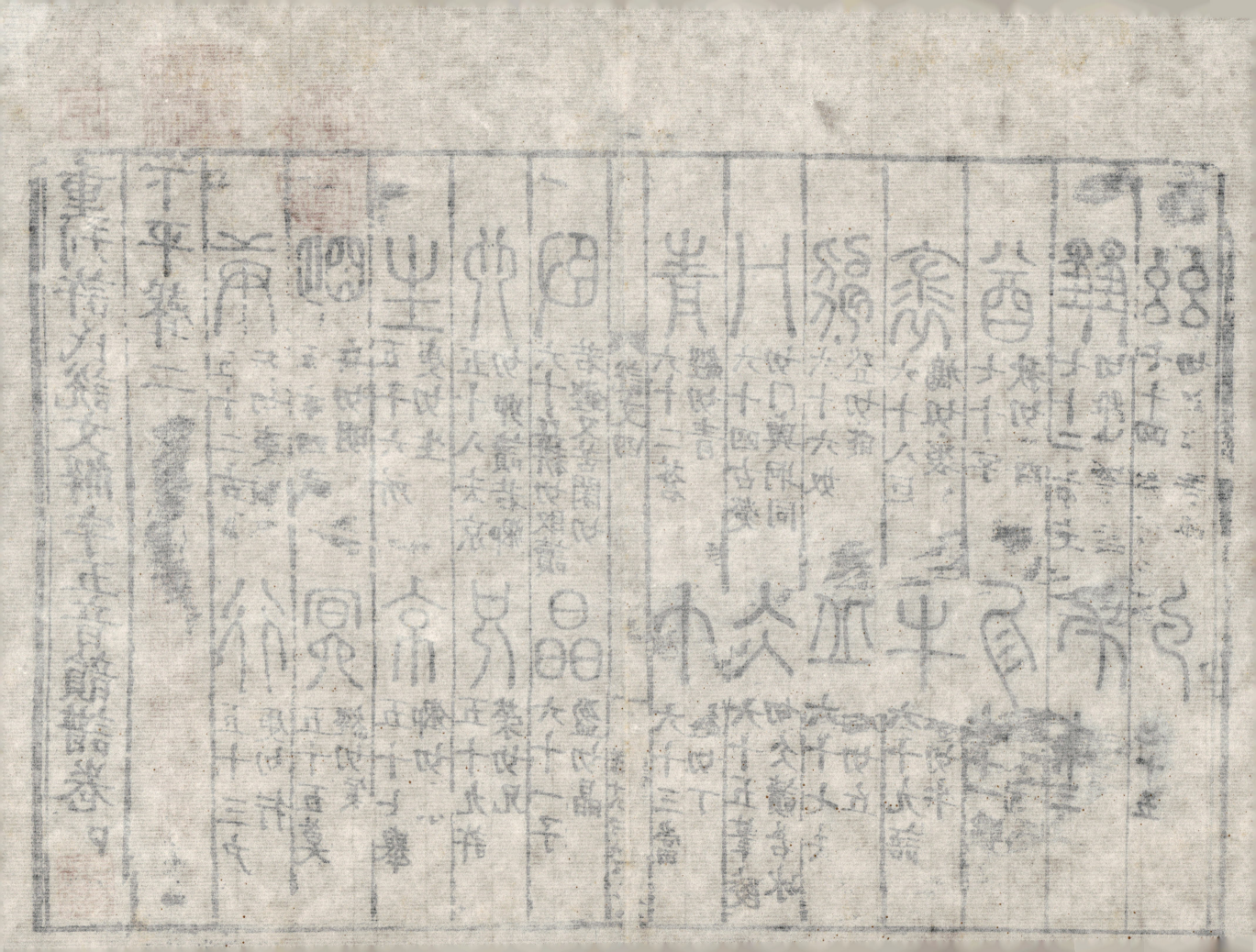

心 七十六 息林切心

壬 七十七 如林切壬

兂 七十八 側琴切兂與簪同

林 七十九 力尋切林

音 八十 於今切音

㐺 八十一 魚音切讀若崟

金 八十二 居音切金

琴 八十三 巨今切琴

男 八十四 那含切男

三 八十五 蘇甘切三

甘 八十六 古三切甘

鹽 八十七 余廉切鹽

炎 八十八 于廉切炎

彡 八十九 所銜切彡讀若杉

彡 九十 所銜切彡讀若杉

庚 五十二 位西方象秋時萬物庚庚有實也庚承己象人齊凡庚之屬皆从庚 古行切

行 五十三 人之步趨也从彳从亍凡行之屬皆从行 戶庚切

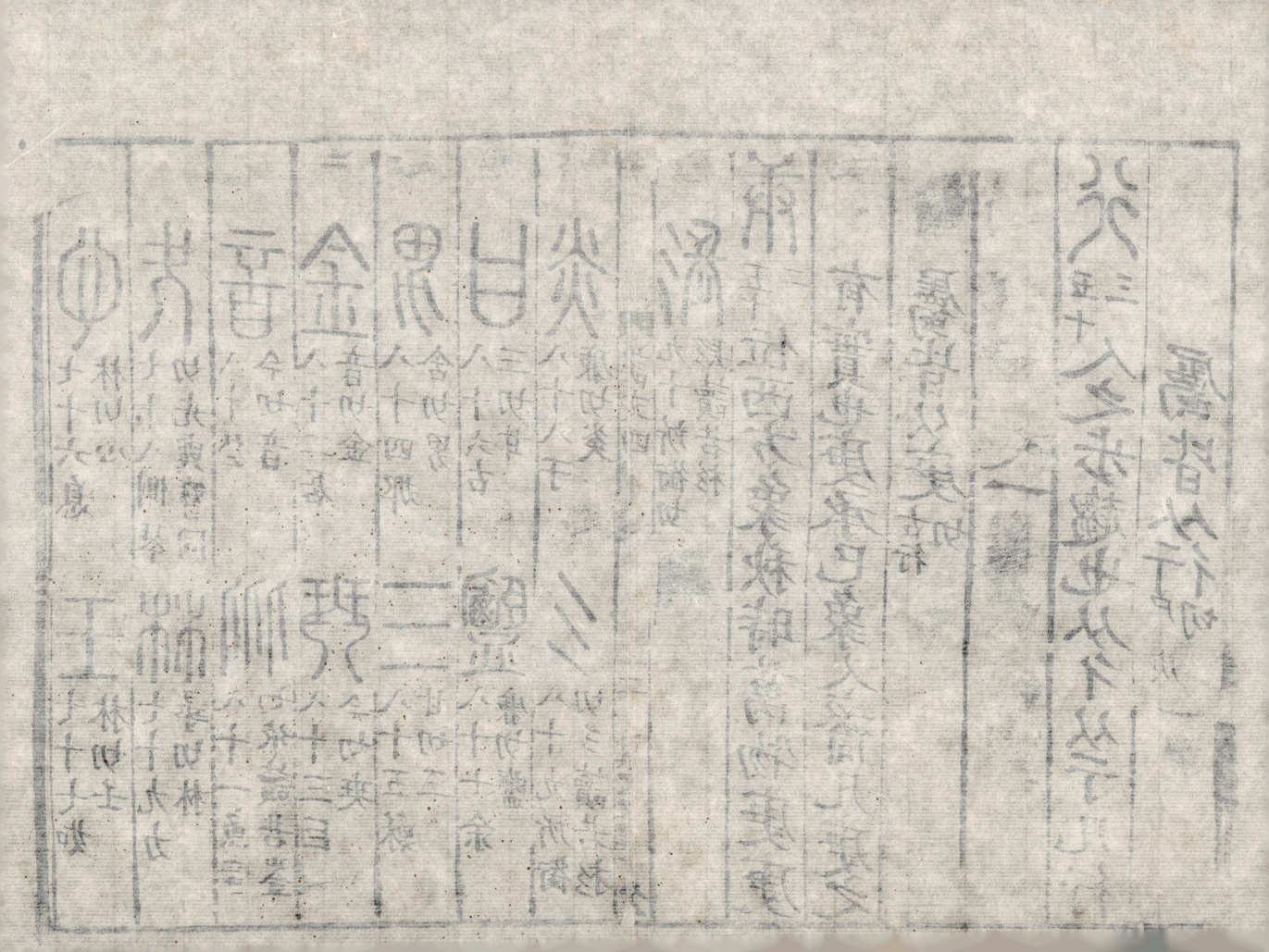

衝 通道也从行童聲春秋傳曰及衝以擊之昌容切

衢 四達謂之衢从行瞿聲

街 四通道也从行圭声古膎切

衙 行皃从行吾声魚舉切又音牙

衎 行喜皃从行干聲空旱切

衕 通街也从行同聲徒弄切

衛 宿衛也从韋帀从行行列衛也于歲切

衒 行且賣也从行从言黃絢切

衒 或从玄

𧗳 迹也从行戔聲才綫切

衛 將衛也从行率聲所律切

術 邑中道也从行术聲食聿切

文十二 重二

朙 五十四 照也从月从囧凡朙之屬皆从朙武兵切

明 古文明从日

㠵 翌也从明亡聲呼光切

文二 重一

冥 五十五 幽也从日从六冂聲日數十十六日而月始虧幽也凡冥之屬皆从冥莫經切

[illegible]晉人冥 莫[illegible]

十六日而月始虧幽也凡冥之屬皆从冥

[illegible] 五十 幽也从日从六冖聲 [illegible]

文二 重一

[illegible] 象形 [illegible] 古文

[illegible] 四五十 照也从月从囧凡朙之屬皆从朙

文二 重一

[illegible] 邑中道也从行术聲 [illegible]

[illegible] 行且賣也从行从言 [illegible]

[illegible] 从行 [illegible] ○ [illegible] 从言

[illegible] 行 [illegible] 从行 [illegible] 聲 ○

[illegible] 通道也从行 [illegible]

[illegible] 四達謂之 [illegible]

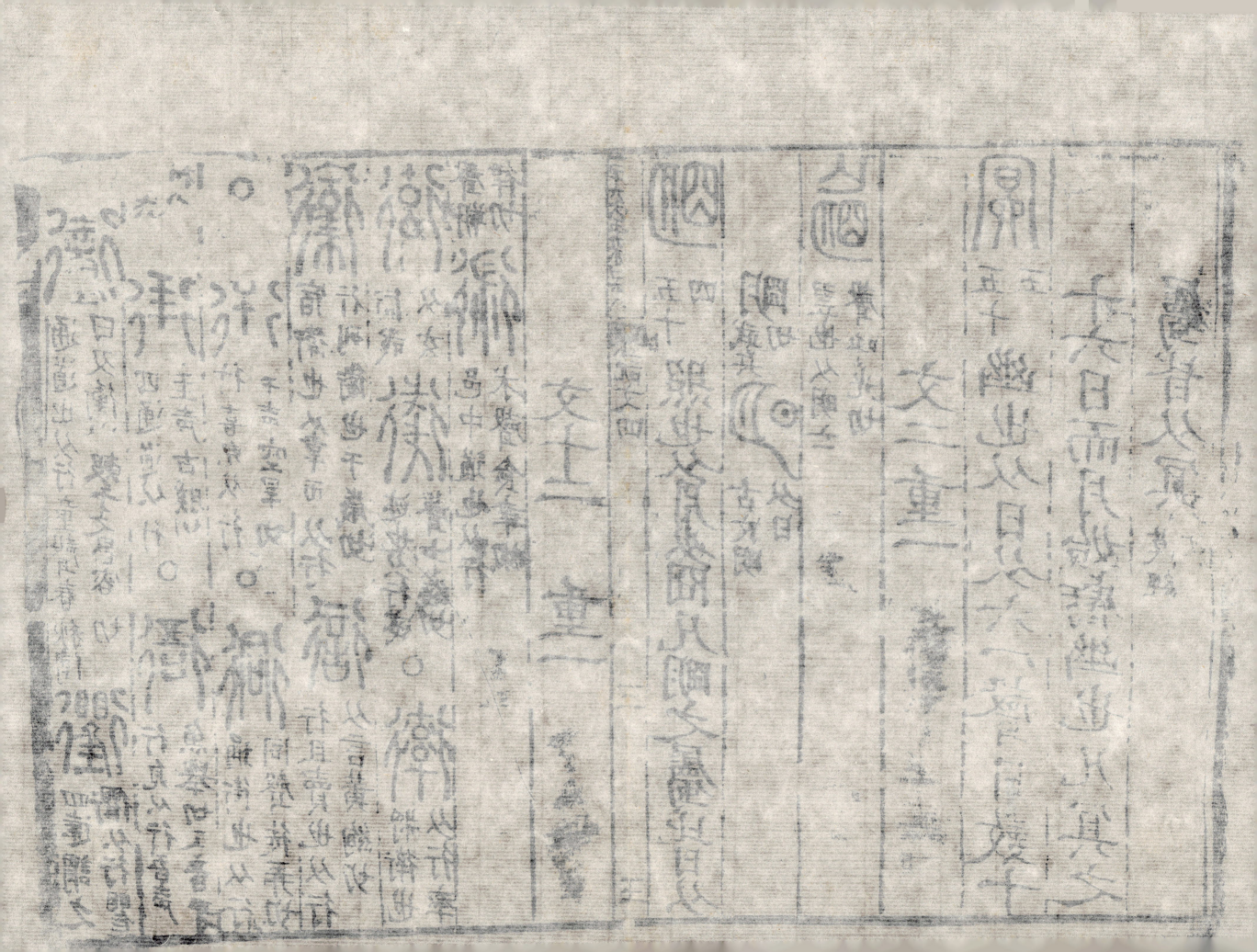

鼆 冥也从冥黽聲讀若黽蛙之黽武庚切

文二

生 五十六 進也象艸木生出土上凡生之屬皆从生 所庚切

隆 豐大也从生降聲徐鍇曰生而不已益高大也力中切

丰 艸盛丰丰也从生上下達也敷容切

甤 艸木實甤甤也从生豨省聲讀若綏儒隹切

甡 衆生並立之皃从二生詩曰甡甡其鹿所臻切

○

產 生也从生彥省聲所簡切

文六

京 五十七 人所爲絕高丘也从高省丨象高形凡京之屬皆从京 舉卿切

就 就高也从京从尤尤異於[illegible]也疾僦切

𡬸 籒文就

文二 重一

卯 五十八 事之制也从卪卩凡卯之屬

皆从卯闕　去京切

卿

章也六卿天官冢宰地官司徒春官宗伯夏官司馬秋官司寇冬官司空从卯皀聲　去京切

文二

兄　五十九

長也从儿从口凡兄之屬皆从兄　許榮切

兢

競也从二兄二兄競意从丯聲讀若矜一曰兢敬也　居陵切

文二

臤　六十

堅也从又臣聲凡臤之屬皆从臤讀若鏗鏘之鏗古文以爲賢字　丘耕切又苦閑切

堅

剛也从臤从土　古賢切

緊

纏絲急也从臤从絲省　糾忍切

豎

豎立也从臤豆聲　臣庾切

豎

籀文豎从殳

文四　重一

晶　六十一

精光也从三日凡晶之屬

㗊 六十 [illegible]从[illegible]凡[illegible]之屬

文四 重一

[illegible]从[illegible]讀若[illegible]

[illegible] 从[illegible]讀若[illegible]

从[illegible]讀若[illegible]古文[illegible]之[illegible]

[illegible] 六十 [illegible]也从[illegible]聲凡[illegible]之屬皆[illegible]

文二

[illegible] 讀若[illegible]一曰[illegible]

从只 [illegible]聲

[illegible] 六十 [illegible]也从口象气[illegible]之形凡只之屬皆从只

文二

[illegible] [illegible]

[illegible] 从[illegible]

皆从晶 子盈切

曟 房星爲民田時者从晶辰聲植鄰切 晨 曟或省 ○ 曐 萬物之精上爲列星从晶生聲一曰象形从口古口復注中故與日同 桑經切 ○生 古文星

星 曐或省 曑 商星也从晶㐱聲臣鉉等曰㐱非聲未詳所今切 ○㐱 曑或省 ○ 曡 楊雄說以爲古理官決罪三日得其宜乃行之从晶从宜亡新以爲曡从三日太盛改爲三田徒叶切

文五 重四

青 六十二 東方色也木生火从生丹丹青之信言必然凡青之屬皆从青 倉經切 古文青

靜 審也从青爭聲徐鍇曰丹青明審也疾郢切

文二 重一

丁 六十三 夏時萬物皆丁實象形丁承丙象人心凡丁之屬皆从丁 當經切

文一

冂 六十四 邑外謂之郊郊外謂之野野外謂之林林外謂之冂象遠界也凡冂之屬皆从冂 古熒切

冋 古文冂从口象國邑 坰 冋或从土

央 中央也从大在冂之內大人也央旁同意一曰久也於良切 〇

冘 淫淫行皃从人出冂余箴切 〇

市 買賣所之也市有垣从冂从㇇㇇古文及象物相及也之省聲時止切 〇

隺 高至也从隹上欲出冂易曰夫乾隺然胡沃切

文五 重二

仌 六十五 凍也象水凝之形凡仌之屬皆从仌 筆陵切

冬 四時盡也从仌从夂夂古文終字都宗切 𣅽 古文冬从日

凘 流仌也从仌斯聲息移切 〇

凋 半傷也从仌周聲都僚切

𠗲 仌出也从仌朕聲詩曰納于凌陰力膺切 凌 𠗲或从夌

冰 水堅也从仌从水魚陵切徐鉉等曰今作

筆陵切以爲冰凍之冰 凝 俗冰从疑 。 𠗲 寒也从仌畗聲胡男切

冶 銷也从仌台聲羊者切 冷 寒也从仌令聲魯打切 凜 寒也从仌廩聲力稔切

。 凍 仌也从仌東聲多貢切 ⿰冫賴 寒也从仌賴聲洛帶切

凔 寒也从仌倉聲初亮切 凊 寒也从仌青聲七正切 。 滭 風寒也从仌畢聲卑吉切 凓 寒也从仌栗聲力質切 冹 一之日滭冹从仌犮聲分勿切

文十七 重二

六十六 能 熊屬足似鹿从肉㠯聲能獸堅中故稱賢能而彊壯稱能傑也凡能之屬皆从能 臣鉉等曰㠯非聲疑皆象形 奴登切

文一

六十七 丘 土之高也非人所爲也从北从一一地也人居在丘南故从北

中邦之居在崐崘東南一曰四方高中央下爲丘象形凡丘之屬皆从丘去鳩切今隷變作丘　𡴯古文从土

虗大丘也崐崘丘謂之崐崘虗古者九夫爲井四井爲邑四邑爲丘丘謂之虗从丘虍聲臣鉉等曰今俗别作墟非是丘如切又朽居切

屔反頂受水丘从丘泥省聲奴低切

文三　重一

裘六十八皮衣也从衣求聲一曰象形與衰同意凡裘之屬皆从裘巨鳩切　求古文省衣

𧝘裘裏也从裘鬲聲讀若擊楷革切

文二　重一

牛六十九大牲也牛件也件事理也象角頭三封尾之形凡牛之屬皆从牛徐鍇曰件若言物一件二件也封高起

語求切

犝 無角牛也从牛童聲古通用僮徒紅切

牻 白黑雜毛牛从牛尨聲莫江切

犧 宗廟之牲也从牛羲聲賈侍中說此非古字許羈切

犓 以芻莖養牛也从牛芻芻亦聲春秋國語曰犓豢幾何測黑切

⿰牛余 黃牛虎文从牛余聲讀若塗同都切

犀 南徼外牛一角在鼻一角在頂似豕从牛尾聲先稽切

犂 耕也从牛黎聲郎奚切

犉 黃牛黑脣也从牛𩫖聲詩曰九十其犉如勻切

犍 犗牛也从牛建聲亦郡名居言切

○

牽 引前也从牛象引牛之縻也从牛玄聲苦堅切

牷 牛純色从牛全聲疾緣切

犥 牛黃白色从牛麃聲補嬌切

⿰牛攴 牛徐行也从牛攴聲讀若滔土刀切

⿰牛𦉼 牛羊無子也从牛𦉼聲讀若糗糧之糗徒力切

牢 閑養牛馬圈也从牛冬省取其四周帀也魯刀切

⿰牛京 牻牛也从牛京聲春秋傳曰牻椋呂張切

⿰牛畺 牛長脊也从牛畺聲居良切

犅 特牛也从牛岡聲古郎切

牲 牛完全从牛生聲所庚切

牼 牛厀下骨也从牛巠聲春秋傳曰宋司馬牼字牛口莖切

⿰牛平 牛駁如星从牛平聲普耕切

犨 牛息聲从牛雔聲一曰牛名赤周切

牟

牛鳴也从牛象其聲气从口出莫浮切

犙 三歲牛从牛參聲穌含切

○

⿰牛非 兩壁耕也从牛非聲一曰覆耕種也讀若匪非尾切

牴 觸也从牛氐聲都礼切

牝 畜母也从牛匕聲易曰畜牝牛吉毗忍切

⿰牛產 畜牲也从牛產聲所簡切

⿱臤牛 牛很不從引也从牛从臤臤亦聲一曰大皃讀若賢喫善切

犪 牛柔謹也从牛夒聲而沼切

牡 畜父也从牛土聲莫厚切

○

牭 四歲牛从牛从四四亦聲息利切

⿰牛貳 籒文牭从貳

犕 易曰犕牛乘馬从牛葡聲平祕切

⿱衛牛 牛踶衛也从牛衛聲于歲切

犡 牛白脊也从牛厲聲

洛帶切

⿰牛市 二歲牛从牛市聲博蓋切

犗 騬牛也从牛害聲古拜切

牣 牣滿也从牛刃聲詩曰於牣魚躍而震切

⿰牛今 牛舌病也从牛今聲巨禁切

○

犢 牛子也从牛瀆省聲徒谷切

牿 牛馬牢也从牛告聲周書曰今惟牿牛馬古屋切

⿰牛隺 白牛也从牛隺聲五角切

犖 駁牛也从牛勞省聲呂角切

物 萬物也牛爲大物天地之數起於牽牛故从牛勿聲文弗切

⿰牛寽 牛白脊也从牛寽聲力輟切

特 扑特牛父也从牛寺聲徒得切

文四十五　重一　文二新附

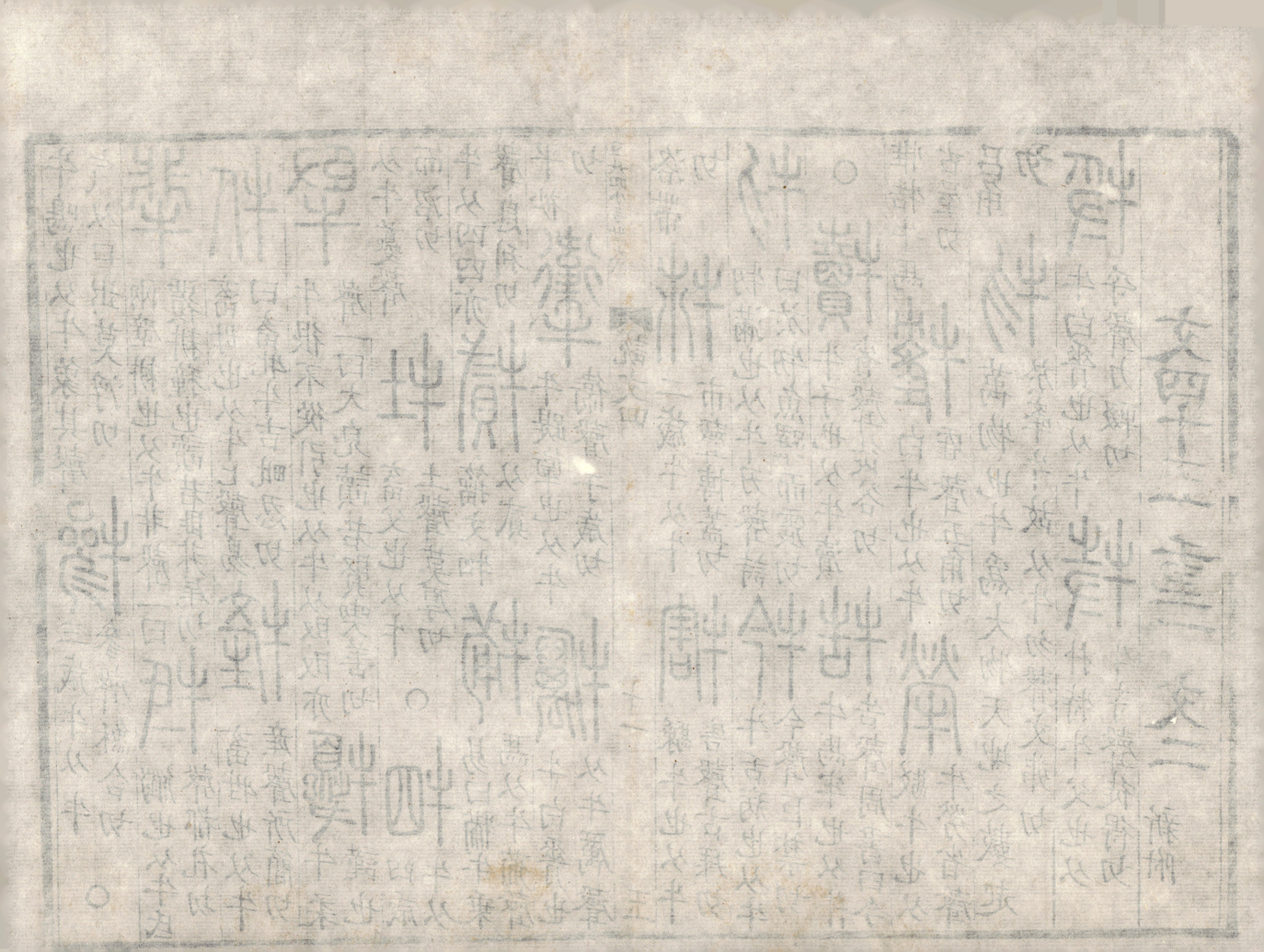

酋 繹酒也从酉水半見於上禮有大酋掌酒官也凡酋之屬皆从酋 字秋切

尊 酒器也从酋廾以奉之周禮六尊犧尊象尊著尊壺尊太尊山尊以待祭祀賓客之禮 祖昆切

尊 尊或从寸 臣鉉等曰今俗以尊作尊卑之尊別作罇非是

文二 重一

舟 船也古者共鼓貨狄刳木為舟剡木為楫以濟不通象形凡舟之屬皆从舟 職流切

䑧 船著不行也从舟㚇聲讀若莘子紅切

艅 艅艎舟名从舟余聲經典通用餘皇 以諸切

俞 空中木為舟也从亼从舟从巜巜水也 羊朱切

艫 舳艫也一曰船頭从舟盧聲 洛乎切

般 辟也象舟之旋从舟从殳殳所以旋也 北潘切

𦨶 古文般从支

○

船 舟也从舟鉛省聲 食川切

艎 艅艎也从舟皇聲 胡光切

彤 船行也从舟彡聲 丑林切

○

舸 舟也从舟可聲 古我切

艇 小舟也从舟廷

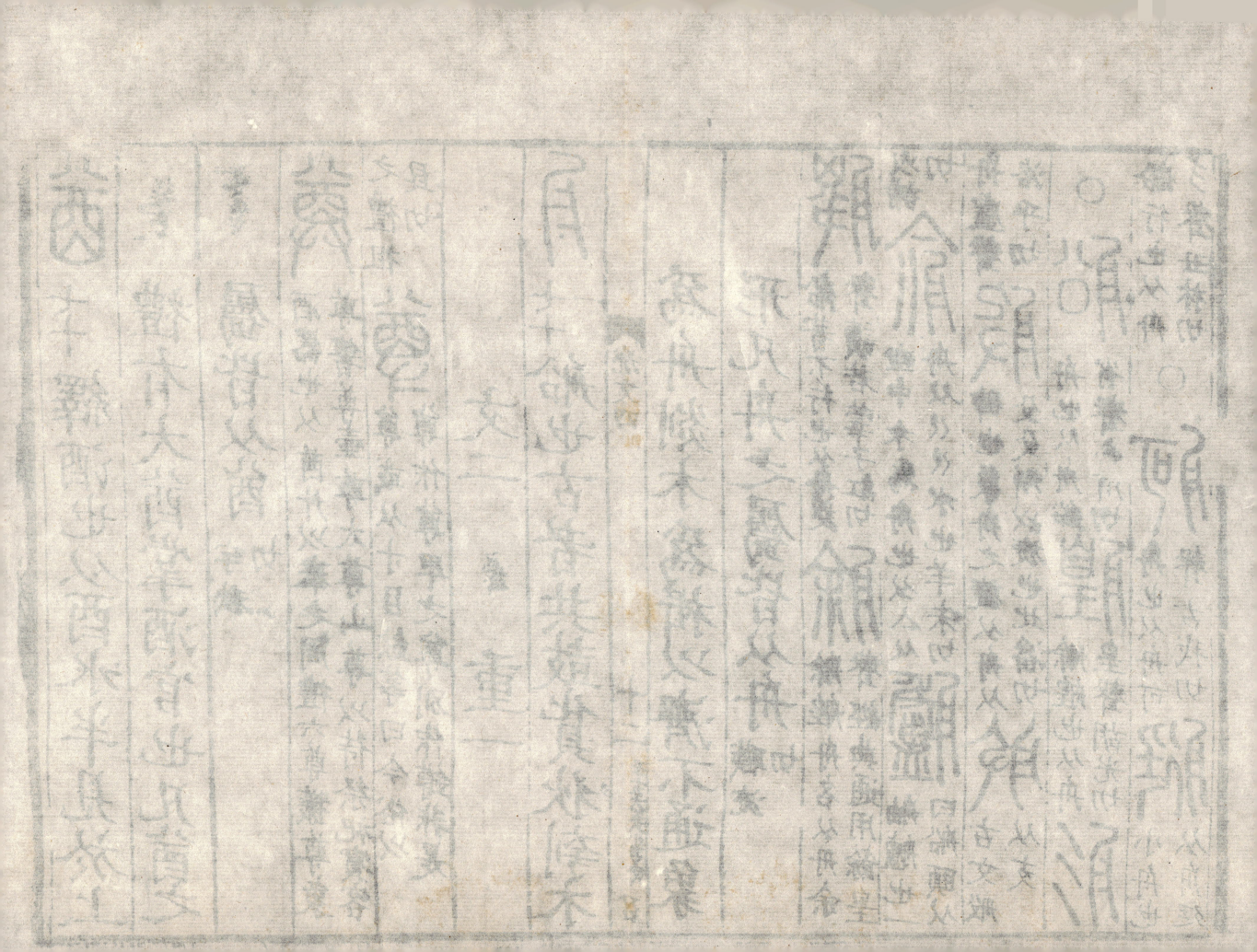

聲徒鼎切○舫 船師也明堂月令曰舫人習水者从舟方聲甫妄切 朕 我也闕直禁切○服 用也一曰車右騑所以舟旋从舟𠬝聲房六切 𦨈 古文服从人

舳 艫也从舟由聲漢律名船方長為舳艫一曰舟尾臣鉉等曰當从冑省乃得聲直六切

𦨶 船行不安也从舟从刖省讀若兀五忽切

文十二　重二

文四　新附

雔 七十二 雙鳥也从二隹凡雔之屬皆从雔讀若醻市流切

十三の四二六十　公

雙 隹二枚也从雔又持之所江切○靃 飛聲也雨而雙飛者其聲靃然呼郭切

文三

矛 七十三 酋矛也建於兵車長二丈象形凡矛之屬皆从矛莫浮切

𢦐 古文矛从戈

矜 矛柄也从矛今聲巨巾切又居陵切○𥍯 矛屬从矛良聲魯當切

[illegible]切 ○ [illegible]

[illegible]从[illegible]

[illegible]从[illegible]

二十 [illegible]

文三

[illegible]

又[illegible]所[illegible]切 ○ [illegible]

从[illegible]讀若[illegible]市流切

三十 [illegible]从[illegible]

文三 重一 文四

[illegible]从舟由聲漢律名船方長為[illegible]一曰舟尾[illegible]

切 ○ [illegible]用也一曰車右騑所以舟旋从舟[illegible]聲[illegible]古文服从人

[illegible]切 ○ [illegible]从[illegible]

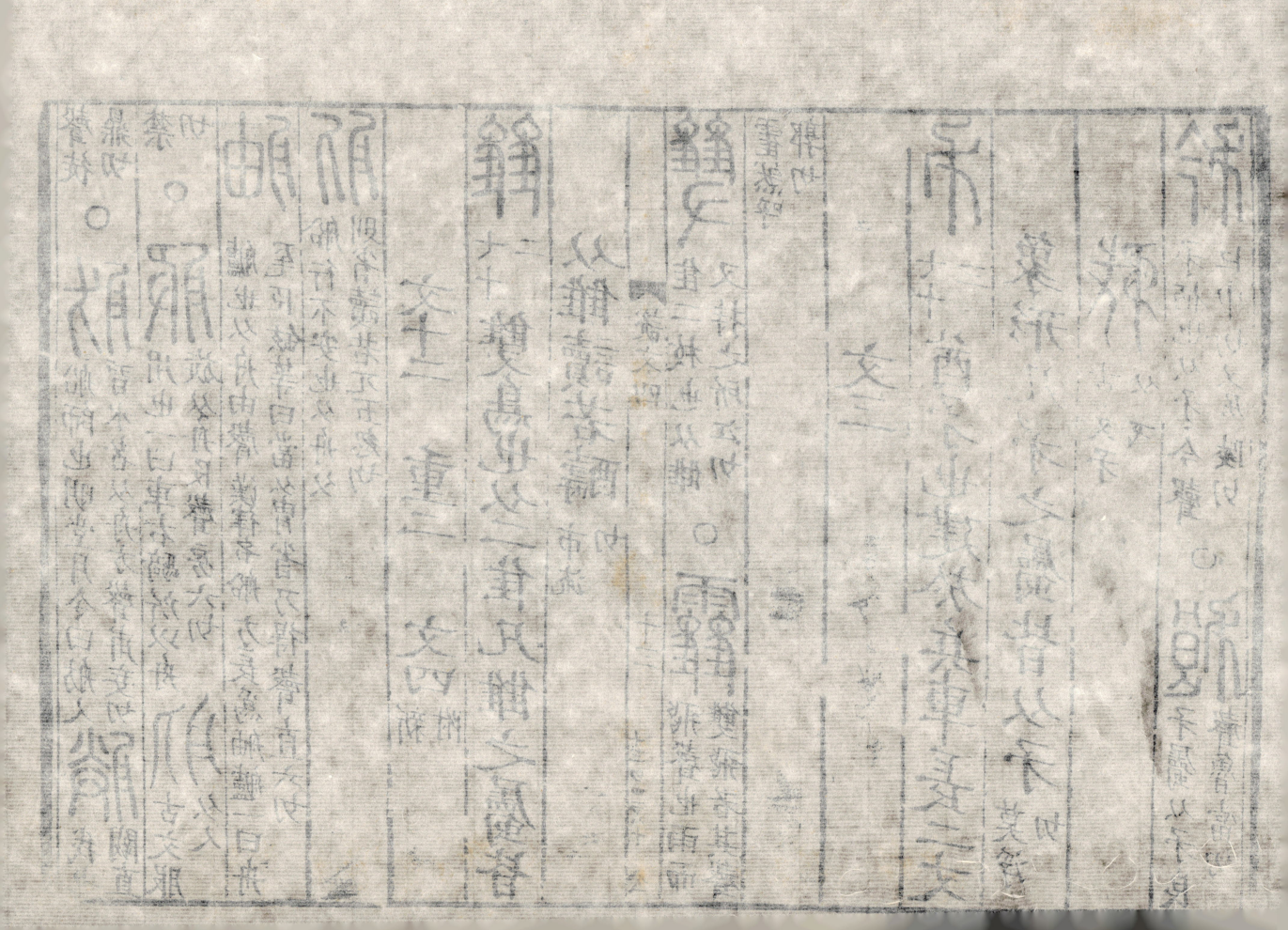

○𥎞 刺也从矛丑聲女久切 ○𥍯 矛屬从矛害聲苦蓋切 ○矠 矛屬从矛昔聲讀若笮士革切

文六　重一

𢆶 七十四 微也从二幺凡𢆶之屬皆从𢆶於虯切

幾 微也殆也从𢆶从戍戍兵守也𢆶而兵守者危也居衣切 ○幽 隱也从山中𢆶𢆶亦聲於虯切

文三

丩 七十五 相糾繚也一曰瓜瓠結丩起象形凡丩之屬皆从丩居虯切

𦬸 艸之相丩者从茻从丩丩亦聲居虯切 ○糾 繩三合也从糸丩居黝切

文三

心 七十六 人心土藏在身之中象形博士說以爲火藏凡心之屬

[illegible]斬[illegible]从[illegible]从[illegible]

[illegible]六十[illegible]从土[illegible]

文三

[illegible]○[illegible]

[illegible]凡[illegible]之屬皆从[illegible]

[illegible]

文三

[illegible]文四

[illegible]

[illegible]○[illegible]山中[illegible]

[illegible]

[illegible]四十[illegible]也从二幺凡[illegible]之屬皆从[illegible]

文六　重一

[illegible]○[illegible]

○[illegible]○[illegible]

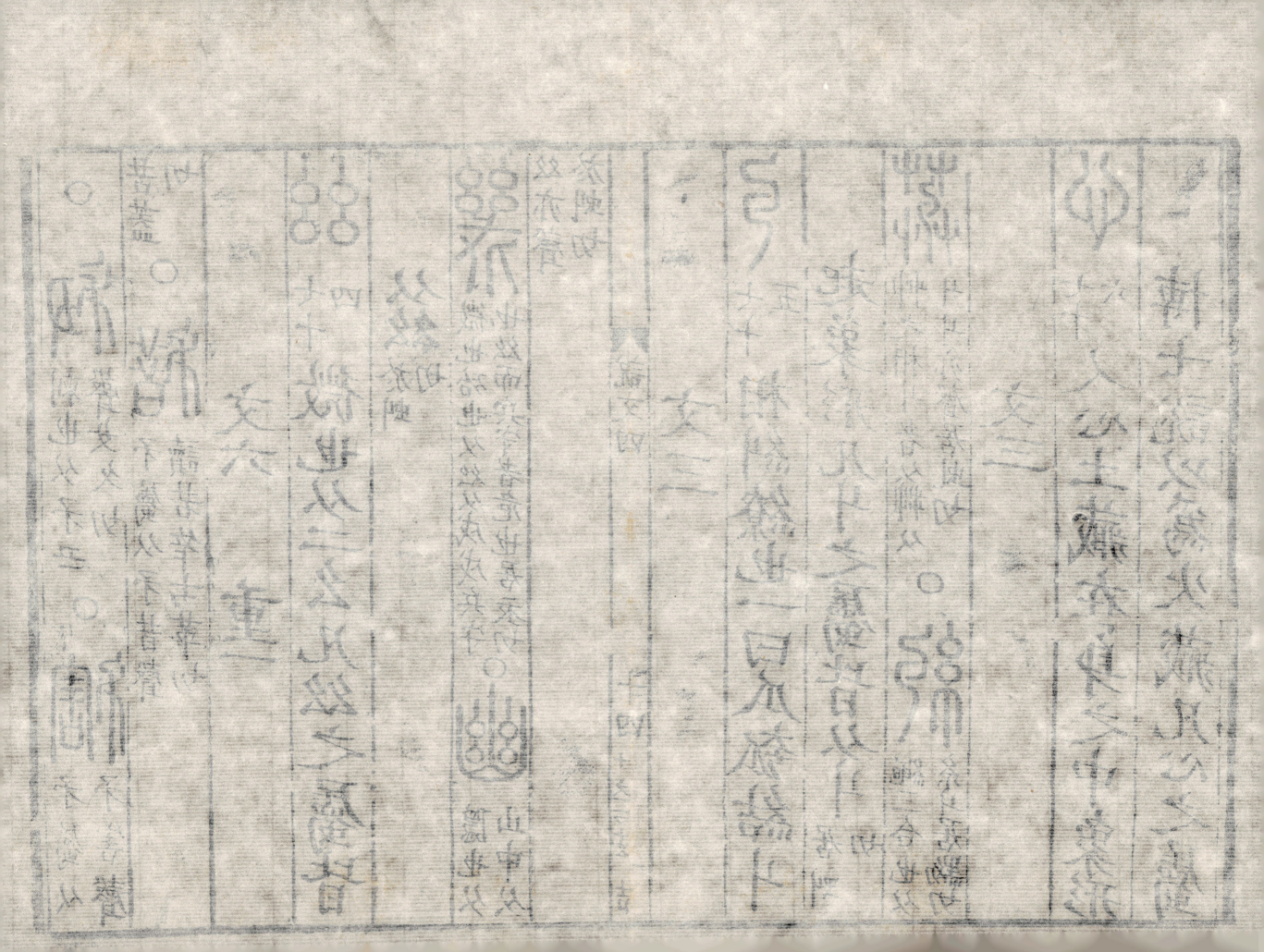

皆从心 息林切

恫 痛也一曰呻吟也从心同聲他紅切

忠 敬也从心中聲陟弓切

忡 憂也从心中聲詩曰憂心忡忡敕中切

悰 樂也从心宗聲藏宗切

慒 慮也从心曹聲藏宗切

憧 意不定也从心童聲尺容切

慵 嬾也从心庸聲蜀容切

恭 肅也从心共聲俱容切

憃 愚也从心舂聲丑江切

忯 愛也从心氏聲巨支切

⿰𥝢心 恨也从心𥝢聲一曰怠也郎尸切

怩 衄促慼也从心尼聲女夷切

惟 凡思也从心隹聲以追切

悲 痛也从心非聲府眉切

慈 愛也从心茲聲疾之切

怡 和也从心台聲與之切

愚 戇也从心从禺禺猴屬獸之愚者麌俱切

⿰忄禺 懼也琅邪朱虛有⿰忄禺亭从心禺聲噳俱切

⿰忄于 憂也从心于聲讀若吁況于切

怤 思也从心付聲甫無切

懦 駑弱者也从心需聲人朱切

愉 薄也从心俞聲論語曰私覿愉愉如也羊朱切

悽 痛也从心妻聲七稽切

⿰忄巂 有二心也从心巂聲戶圭切

⿰忄彖 怨恨也从心彖聲讀若膎臣鉉等曰彖非聲未詳戶佳切

懷 念思也从心褱聲戶乖切

恢 大也从心灰聲苦回切

悝 啁也从心里聲春秋傳有孔悝一曰病也苦回切

忞 彊也从心文聲周書曰在受德忞讀若旻武巾切

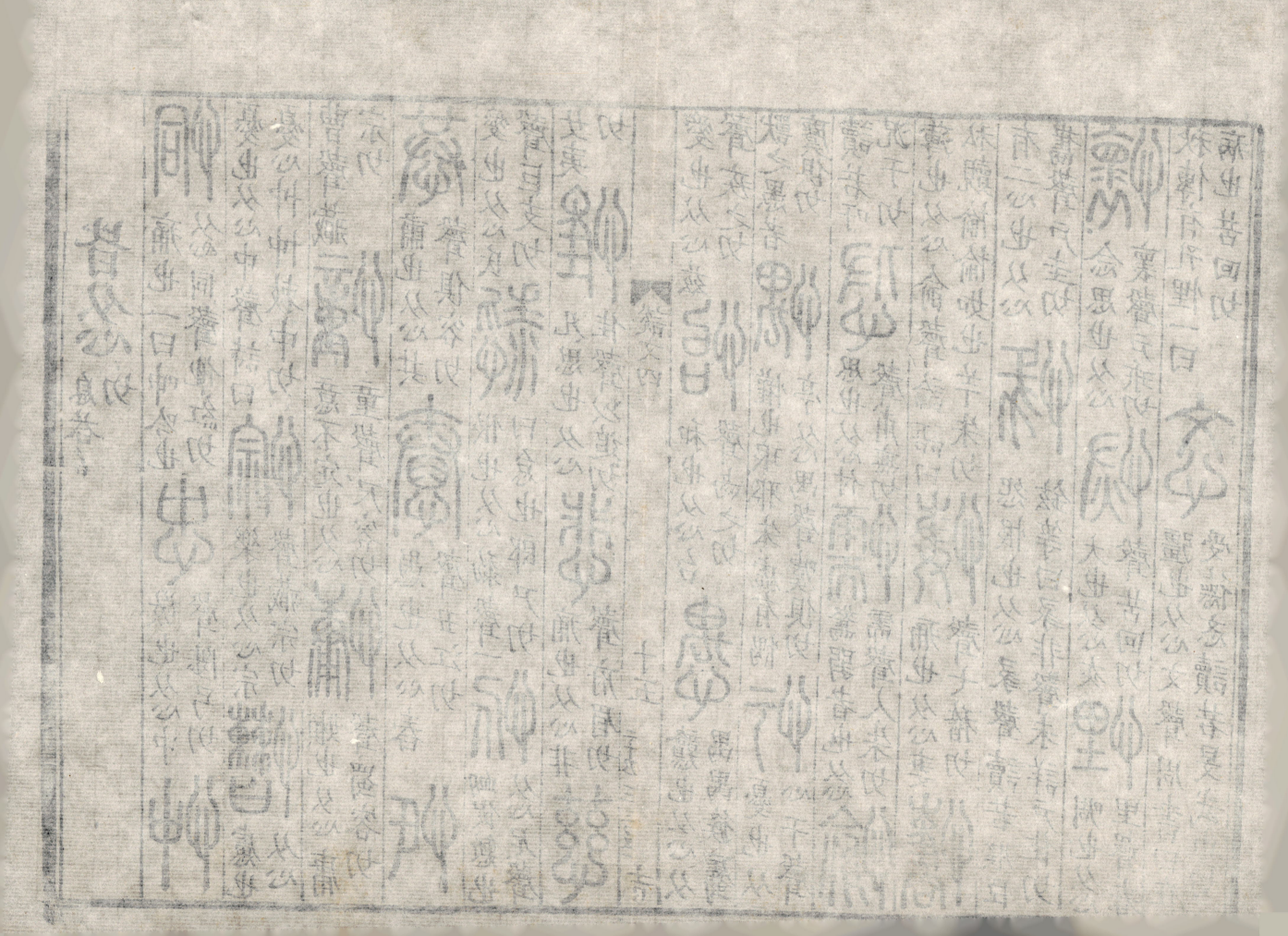

憌 憂也从心鈞聲常倫切
恂 信心也从心旬聲相倫切
愪 憂皃从心員聲王分切
忻 闓也从心斤聲司馬法曰善者忻民之善閉民之惡許斤切
慇 痛也从心殷聲於巾切
怋 㦤也从心民聲呼昆切
惛 不憭也从心昏聲呼昆切
惇 厚也从心享聲都昆切
惀 欲知之皃从心侖聲盧昆切
恩 惠也从心因聲烏痕切
忓 極也从心干聲古寒切
慲 忘也慲兜也从心㒼聲母官切
憪 愉也从心閒聲戶閒切
○
憐 哀也从心粦聲落賢切
㤟 急也从心从弦弦亦聲河南密縣有㤟亭胡田切
悁 忿也从心肙聲一曰憂也於緣切
𢙎 籀文
㦁 泣下也从心連聲易曰泣涕㦁如力延切
愆 過也从心衍聲去虔切
𡨦 或从寒省
𠎝 籀文
悛 止也从心夋聲此緣切
恮 謹也从心全聲此緣切
憀 憀然也从心翏聲洛蕭切
憿 幸也从心敫聲古堯切
怊 悲也从心召聲敕宵切
怓 亂也从心奴聲詩曰以謹惛怓女交切
慅 動也从心蚤聲一曰起也穌遭切
慆 說也从心舀聲土刀切
忘 不識也从心从亡亡亦聲武方切
恇 怯也从心匡匡亦聲去王切
惶 恐也从心皇聲胡光切
情 人之陰气有欲者从心青聲疾盈切
懲 㣻也从心徵聲直陵切

憕平也从心登聲直陵切
應當也从心䧹聲於陵切
懀惡也从心曾聲作縢切
𢝊愁也从心从頁徐鍇曰𢝊心形於顏面故从頁於求切
怮憂皃从心幼聲於蚪切
悠憂也从心攸聲以周切
惆失意也从心周聲敕鳩切
⿱篙心⿱篙心箸也从心篙聲直由切
愁憂也从心秋聲士尤切
忱誠也从心冘聲詩曰天命匪忱氏任切
惏河內之北謂貪曰惏从心林聲盧含切
惔憂也从心炎聲詩曰憂心如惔徒甘切
慙媿也从心斬聲昨甘切
懕安也从心厭聲詩曰懕懕夜飲於鹽切
憸憸詖也憸利於上佞人也从心僉聲息廉切
⿱冊心疾利口也从心从冊詩曰相時⿱冊心民徐鍇曰冊言衆也息廉切
惉惉懘煩聲也从心沾聲尺詹切
恬安也从心甛省聲徒兼切
慊疑也从心兼聲戶兼切
○
愯懼也从心雙省聲春秋傳曰駟氏愯息拱切
慫驚也从心從聲讀若悚息拱切
⿰忄重遲也从心重聲直隴切
恐懼也从心巩聲丘隴切
⿱工心古文
⿰忄共戰慄也从心共聲工恐切又戶工切
㥴怟㥴不憂事也从心虒聲讀若移移尔切
恑變也从心危聲過委切
恉意也从心旨聲職雉切
恃賴也从心寺聲時止切
恥辱也从心耳聲敕里切
㥞痛聲也从心依聲孝經曰哭不偯

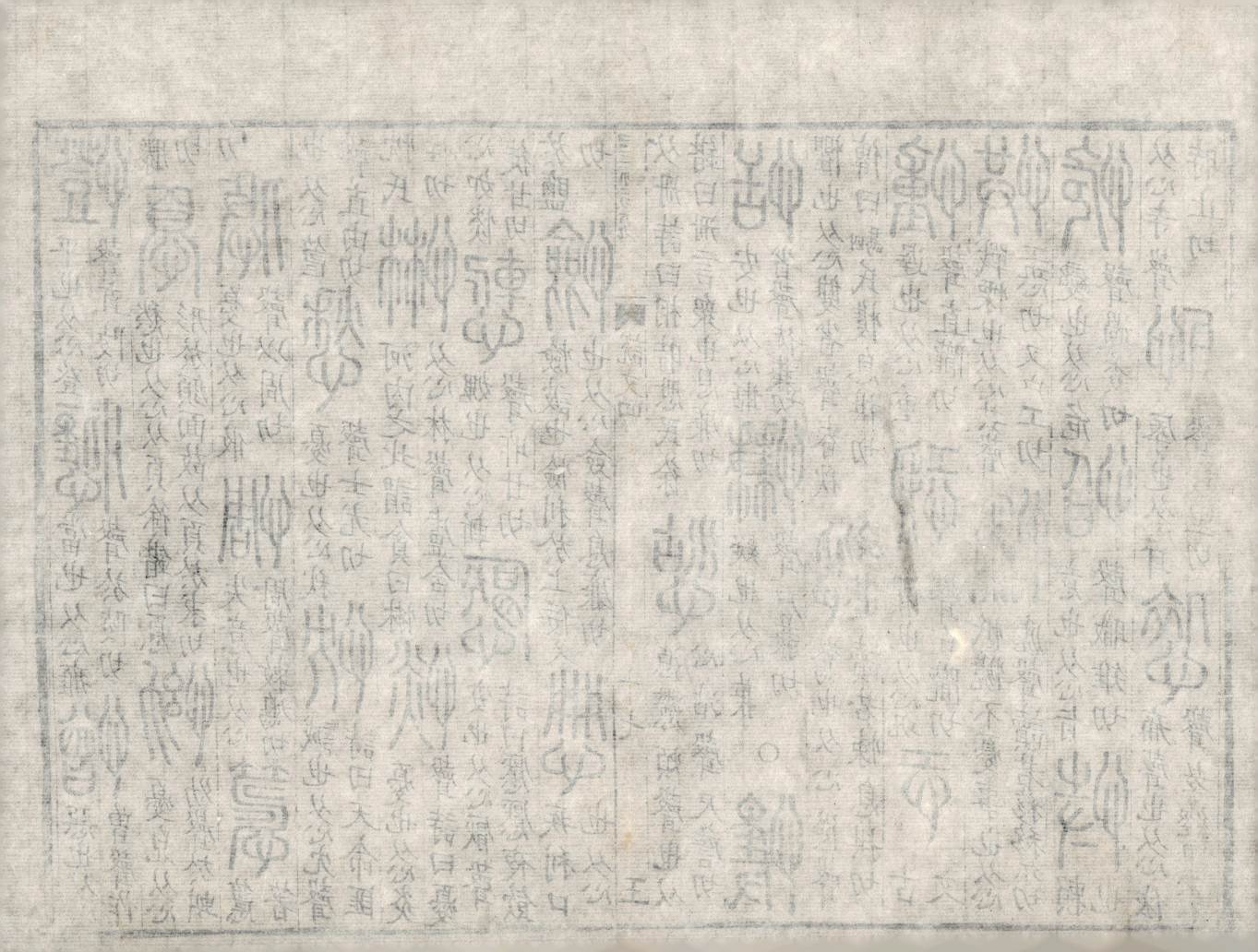

忞於豈切
悱 口悱悱也从心非聲敷尾切
[胥心] 知也从心胥聲私呂切
懙 趣步懙懙也从心與聲余呂切
憮 愛也韓鄭曰憮一曰不動从心無聲文甫切
㥨 㥨撫也从心某聲讀若侮亡甫切
怙 恃也从心古聲侯古切
愷 樂也从心豈聲臣鉉等曰豈部已有此重出苦亥切
[采心] 姦也从心采聲倉宰切
怠 慢也从心台聲徒亥切
忍 能也从心刃聲而軫切
惷 亂也从心春聲春秋傳曰王室曰惷惷焉一曰厚也尺允切
愍 痛也从心敃聲眉殞切
忿 悁也从心分聲敷粉切
憤 懣也从心賁聲房吻切
惲 重厚也从心軍聲於粉切
愃 寬嫺心腹皃从心宣聲詩曰赫兮愃兮況晚切

悃 愊也从心困聲苦本切
忖 度也从心寸聲倉本切
懇 悃也从心豤聲康很切
[毳心] 精戇也从心毳聲千短切
戁 敬也从心難聲女版切
[簡心] 存也从心簡省聲讀若簡古限切
㥦 青徐謂慙曰㥦从心典聲他典切
[辡心] 憂也从心辡聲一曰急也方沔切
愐 勉也从心面聲弥殄切
[弜心] 厲也一曰止也从心弜聲讀若沔弥兖切
憭 慧也从心尞聲力小切
恔 憭也从心交聲古了切又下交切
悄 憂也从心肖聲詩曰憂心悄悄親小切
慓 疾也从心票聲敷沼切
懆 愁不安也从心喿聲詩曰念子懆懆七早切
憜 不敬也从心𡐦省春

秋傳曰執玉憜徒果切

惰 憜或省𠂤

媠 古文

惹 亂也从心若聲人者切

想 冀思也从心相聲息兩切

怳 狂之皃从心況省聲許往切

[忄象] 放也从心象聲徒朗切

愓 放也从心昜聲一曰平也徒朗切

忼 慨也从心亢聲一曰易忼龍有悔臣鉉等曰今俗別作慷非是口朗切又苦浪切

怲 憂也从心丙聲詩曰憂心怲怲兵永切

憼 敬也从心从敬敬亦聲居影切

憬 覺寤也从心景聲詩曰憬彼淮夷俱永切

[忄巠] 恨也从心巠聲胡頂切

[咎心] 怨仇也从心咎聲其久切

感 動人心也从心咸聲古禫切

惂 憂困也从心臽聲苦感切

慘 毒也从心參聲七感切

憯 痛也从心朁聲七感切

憺 安也从心詹聲徒敢切

忝 辱也从心天聲他點切

○

慟 大哭也从心動聲徒弄切

戇 愚也从心贛聲陟絳切

忮 很也从心支聲之義切

惴 憂懼也从心耑聲詩曰惴惴其慄之瑞切

恚 恨也从心圭聲於避切

恣 縱也从心次聲資四切

[忄㒸] 深也从心㒸聲徐醉切

悴 憂也从心卒聲讀與易萃卦同秦醉切

[埶心] 楚潁之間謂憂曰[埶心]从心埶聲力至切

懟 怨也从心對聲丈淚切

悸 心動也从心季聲其季切

志 意也从心之聲職吏切

忌 憎惡也从心己聲渠記切

惎 毒也从心

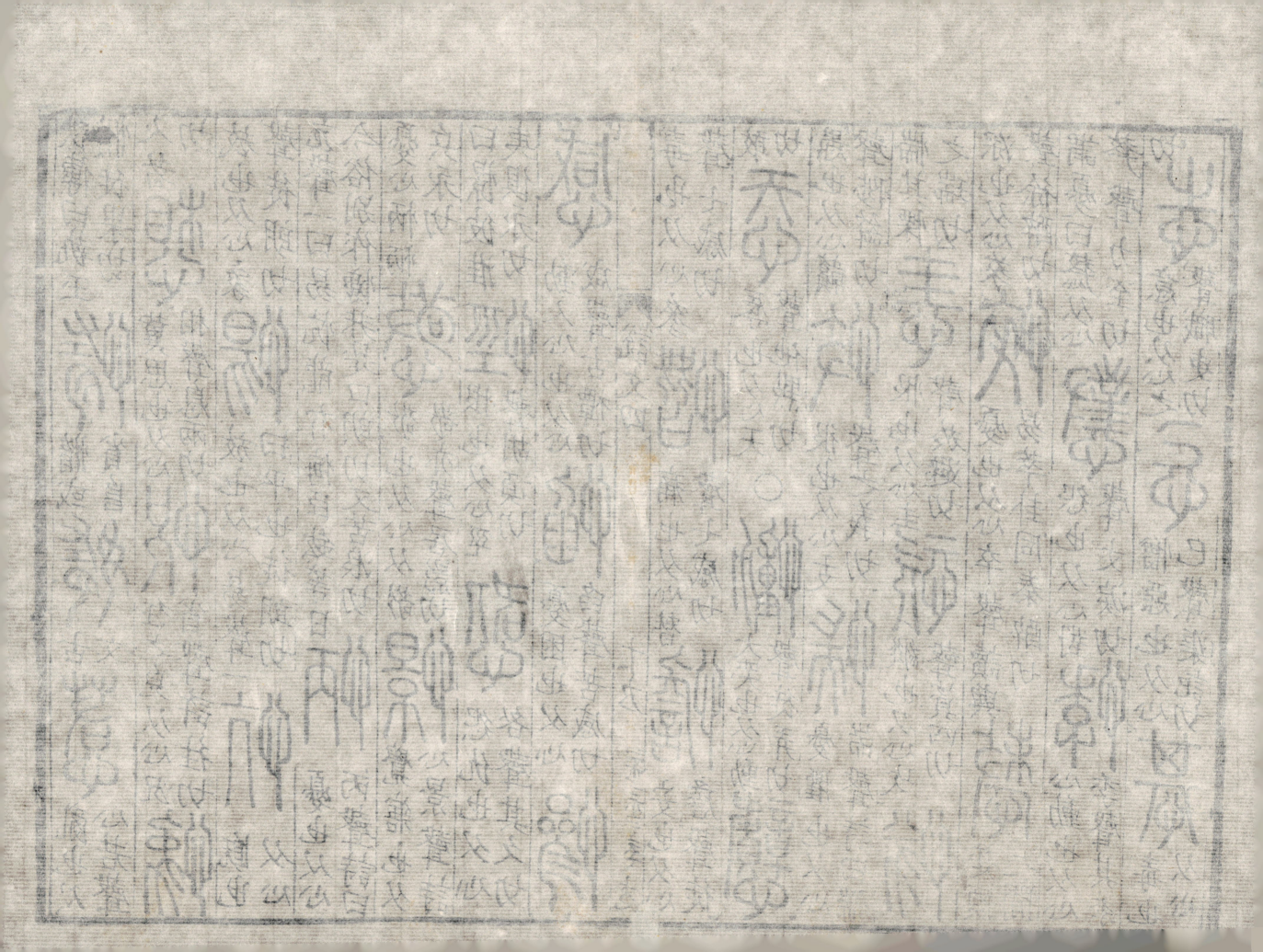

其聲周書曰來就惎惎渠記切

意 志也从心察言而知意也从心从音於記切

愾 大息也从心从氣氣亦聲詩曰愾我寤歎許既切

忥 癡皃从心气聲許既切

⿱刀心 怒也从心刀聲讀若顡李陽冰曰刀非聲當从刈省魚既切

慰 安也从心㷉聲一曰恚怒也於胃切

怚 驕也从心且聲子去切

恕 仁也从心如聲商署切

𢖪 古文省

悆 忘也嘾也从心余聲周書曰有疾不悆悆喜也羊茹切

懼 恐也从心瞿聲其遇切

⿱䀠心 古文

慕 習也从心莫聲莫故切

慔 勉也从心莫聲莫故切

悑 惶也从心甫聲普故切

怖 或从布聲

怒 恚也从心奴聲乃故切

悟 覺也从心吾聲五故切

⿱五心 古文悟

悌 善兄弟也从心弟聲經典通用弟特計切

⿱帶心 高也一曰極也一曰困劣也从心帶聲特計切

⿱毄心 惰也从心毄聲苦計切

⿰忄疌 靜也从心疌聲臣鉉等曰疌非聲未詳於計切

慧 儇也从心彗聲胡桂切

懘 惉懘也从心滯聲尺制切

⿰忄壴 小怒也从心壴聲充世切

⿱祟心 謹也从心祟聲讀若毳此芮切

愒 息也从心曷聲臣鉉等曰今別作憩非是去例切

⿱衛心 讓言不慧也从心衛聲于歲切

⿰忄曳 習也从心曳聲余制切

㤓 恨怒也从心巿聲詩曰視我㤓㤓蒲昧切

懈 怠也

从心解聲古隘切

怪 異也从心圣聲古壞切

悈 飾也从心戒聲司馬法曰有虞氏悈於中國古拜切

㤜 憂也从心介聲孟子曰孝子之心不若是㤜呼介切

㦟 𢤱也从心葡聲蒲拜切

𤺊 或从疒

憝 怨也从心敦聲周書曰凡民罔不憝徒對切

憒 亂也从心貴聲胡對切

悔 悔恨也从心每聲荒內切

態 意也从心从能徐鍇曰心能其事然後有態度也他代切

㑷 或从人

㤥 苦也从心亥聲胡槩切

慨 忼慨壯士不得志也从心旣聲古漑切

㤅 惠也从心先聲烏代切

𢟪 古文

懝 騃也从心从疑疑亦聲一曰惶也五漑切

𢘤 懲也从心乂聲魚肺切

慎 謹也从心眞聲時刃切

昚 古文

憖 問也謹敬也从心猌聲一曰說也一曰甘也春秋傳曰昊天不憖又曰兩君之士皆未憖魚覲切

㥯 謹也从心𢀡聲於靳切

慍 怒也从心𥁕聲於問切

愿 謹也从心原聲魚怨切

怨 恚也从心夗聲於願切

𢘏 古文

憲 敏也从心从目害省聲許建切

慁 憂也从心圂聲一曰擾也胡困切

恨 怨也从心艮聲胡艮切

悶 懣也从心門聲莫困切

懣 煩也从心从滿莫困切

憤

順也从心孫聲唐書曰五品不愻蘇困切

悍 勇也从心旱聲矦旰切

懽 喜欵也从心雚聲爾雅曰懽懽愮愮憂無告也古玩切

悹 憂也从心官聲古玩切

忨 貪也从心元聲春秋傳曰忨歲而濊日五換切

怛 憯也从心旦聲得案切又當割切

悬 或从心在旦下詩曰信誓悬悬

憚 忌難也从心單聲一曰難也徒案切

患 憂也从心上貫吅吅亦聲胡毌切

患 古文从關省

患 亦古文患

慢 惰也从心曼聲一曰慢不畏也謀晏切

懁 急也从心睘聲讀若絹古縣切

悼 懼也陳楚謂懼曰悼从心卓聲臣鉉等曰卓非聲當从罩省徒到切

怕 無爲也从心白聲葩亞切又匹白切

恙 憂也从心羊聲余亮切

惕 憂也从心殤省聲式亮切

愴 傷也从心倉聲初亮切

悵 望恨也从心長聲丑亮切

怏 不服懟也从心央聲於亮切

㤮 誤也从心狂聲居況切

懬 闊也一曰廣也大也一曰寬也从心从廣廣亦聲苦謗切

慶 行賀人也从心从夊吉禮以鹿皮爲贄故从鹿省丘竟切

性 人之陽气性善者也从心生聲息正切

懜 不明也从心夢聲武亘切

忧 不動也从心尤聲讀若袥于救切

怞 朗也从心由聲詩曰憂心且怞直又切

懋 勉也从心楙聲虞書曰時惟懋哉莫候切

㦎 或省

忹

下齎也从心任聲如甚切

念 常思也从心今聲奴店切

○

恧 慙也从心而聲女六切

慉 起也从心畜聲詩曰能不我慉許六切

愨 謹也从心㱿聲苦角切

[貌心] 美也从心貌聲莫角切

恤 憂也收也从心血聲辛聿切

怵 恐也从心术聲丑律切

怫 鬱也从心弗聲符弗切

[忄隶] 肆也从心隶聲他骨切

忽 志也从心勿聲呼骨切

懖 善自用之意也从心銛聲商書曰今汝懖懖古活切

[古文懖] 古文从耳

憰 權詐也从心矞聲古穴切

懱 輕易也从心蔑聲商書曰以相陵懱莫結切

悊 敬也从心折聲陟列切

惙 憂也从心叕聲詩曰憂心惙惙一曰意不定也陟劣切

[忄卻] 勞也从心卻聲其虐切

怍 慙也从心作省聲在各切

愙 敬也从心客聲春秋傳曰以陳備三愙臣鉉等曰今俗作恪苦各切

惡 過也从心亞聲烏各切

惜 痛也从心昔聲思積切

懌 說也从心睪聲經典通用釋羊益切

慽 憂也从心戚聲倉歷切

愓 敬也从心易聲他歷切

悐 或从狄

惄 飢餓也一曰憂也从心叔聲詩曰惄如朝飢奴歷切

愵 憂皃从心弱聲讀與惄同奴歷切

惻 痛也从心則聲初力切

息 喘也从心从自自亦聲相即切

[忄亟] 疾也从心亟聲一曰謹重皃己力切

[亶心]

滿也从心啻聲一曰十萬曰意於力切

𢡆 籒文省

愊 誠志也从心畐聲芳逼切

悳 外得於人內得於己也从直从心多則切

𢛳 古文

忒 更也从心弋聲他得切

⿱代心 失常也从心代聲他得切

𡫳 實也从心塞省聲虞書曰剛而𡫳先則切

惑 亂也从心或聲胡國切

慹 悑也从心執聲之入切

⿱及心 褊也从心及聲居立切

悒 不安也从心邑聲於汲切

⿰忄聑 失气也从心聑聲一曰服也之涉切

慴 懼也从心習聲讀若疊之涉切

⿱匧心 怯也从心匧聲苦叶切

⿱夾心 思皃从心夾聲苦叶切

恰 用心也从心合聲苦狹切

文二百六十三　重二十三

文十三　新附

壬 七十七 位北方也陰極陽生故易曰龍戰于野戰者接也象人褱妊之形承亥壬以子生之敘也與巫同意壬承辛象人脛脛任體也凡壬之屬皆从壬如林切

文一

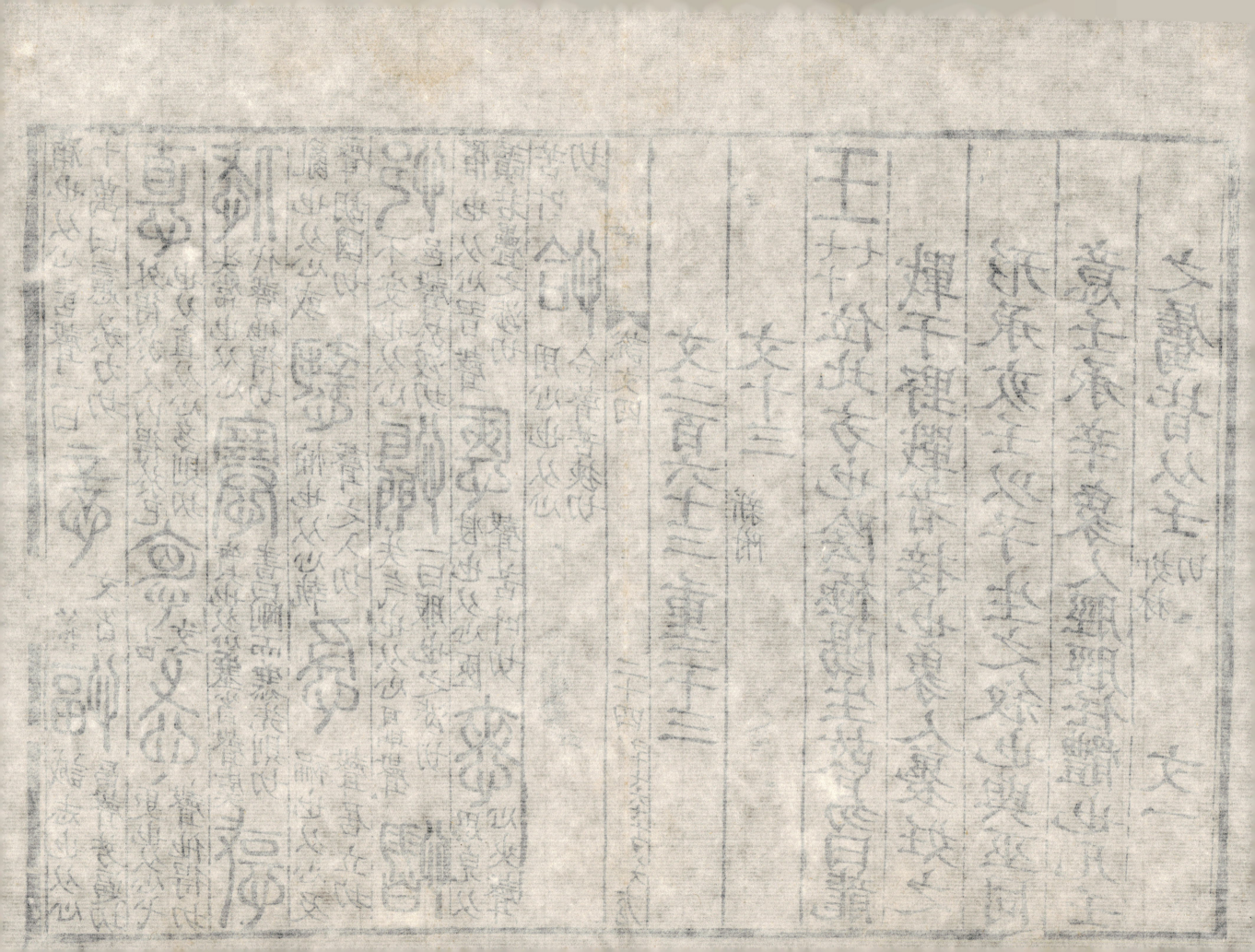

兂 七十八 首笄也从人匕象簪形凡兂之屬皆从兂 側琴切

簪 俗兂从竹从朁

兓 朁朁銳意也从二兂子林切

文二 重一

林 七十九 平土有叢木曰林从二木凡林之屬皆从林 力尋切

棼 複屋棟也从林分聲符分切

○ 森 木多皃从林从木讀若曾參之參所今切

棽 木枝條棽儷皃从林今聲丑林切

○ 楚 叢木一名荊也从林疋聲創舉切

無 豐也从林𣞤或說規模字从大卌卌數之積也林者木之多也卌與庶同意商書曰庶草繁無徐鍇曰或說大卌爲規模之模諸部無者不審信也文甫切

○ 楙 木盛也从林矛聲莫候切

梵 出自西域釋書未詳意義扶泛切

○ 麓 守山林吏也从林鹿聲一曰林屬於山爲麓春秋傳曰沙麓崩盧谷切

𣘽 古文从彔

鬱 木叢生者从林鬱省聲迂弗切

文九 重一 文一 新附

【音】八十　聲也生於心有節於外謂之音宮商角徵羽聲絲竹金石匏土革木音也从言含一凡音之屬皆从音　於今切

【韶】虞舜樂也書曰簫韶九成鳳皇來儀从音召聲市招切

【章】樂竟爲一章从音从十十數之終也諸良切

【韽】下徹聲从音酓聲恩甘切　○

【響】聲也从音鄉聲許兩切　○

【韻】和也从音員聲裴光遠云古與均同未知其審王問切

【竟】樂曲盡爲竟从音从人居慶切

文六　文一　新附

【㐺】八十一　衆立也从三人凡㐺之屬皆从㐺讀若欽崟　魚音切

【衆】多也从㐺目衆意之仲切

【臮】衆詞與也从㐺自聲虞書曰臮咎繇　其冀切

【臮】古文臮

【聚】會也从㐺取聲邑落云聚才句切

文四　重一

金　五色金也黃爲之長久薶不生衣百鍊不輕从革不違西方之行生於土从土左右注象金在土中形今聲凡金之屬皆从金居音切
金　古文金
銅　赤金也从金同聲徒紅切
鉵　相屬从金蟲省聲讀若同徒冬切
鏓　鎗鏓也一曰大鑿平木者从金悤聲倉紅切
鍾　酒器也从金重聲職容切
鐘　樂鐘也秋分之音物穜成从金童聲古者垂作鐘職茸切
銿　鐘或从甬
鏠　兵耑也从金逢聲敷容切
鎔　冶器法也从金容聲余封切
鏞　大鐘謂之鏞从金庸聲余封切
銎　斤斧穿也从金巩聲曲恭切
釭　車轂中鐵也从金工聲古雙切
鏦　矛也从金從聲七恭切　臣鉉等曰今音楚江切
⿰金彖　鏦或从彖
鈭　鈭錍斧也从金此聲即移切
錘　八銖也从金垂聲直垂切
鈹　大鍼也一曰劒如刀裝者从金皮聲敷羈切
錍　鈭錍也从金卑聲府移切
⿰金罷　相屬从金罷聲讀若嬀彼爲切
錐　銳也从金隹聲職追切

六銖也从金甾聲側持切
鉏 立薅所用也从金且聲士魚切
鑺 兵器也从金瞿聲其俱切
鈇 莝斫刀也从金夫聲甫無切
銖 權十分黍之重也从金朱聲市朱切
鋪 著門鋪首也从金甫聲普胡切
鑪 方鑪也从金盧聲臣鉉等曰今俗別作爐非是洛乎切
鑇 利也从金朿聲讀若齊徂奚切
銻 鎕銻也从金弟聲杜兮切
⿰金虒 器也从金虒聲杜兮切
鑗 金屬一曰剥也从金黎聲郎兮切
鑴 瓽也从金巂聲戶圭切
・釵 笄屬从金叉聲本只作叉此字後人所加楚佳切
鐓 下垂也一曰千斤椎从金敦聲都回切
鋂 大瑣也一環貫二者从金每聲詩曰盧重鋂莫桮切

鍲 業也賈人占鍲从金民聲武巾切
鈞 三十斤也从金勻聲居勻切
銞 古文鈞从旬
銀 白金也从金艮聲語巾切
鏝 鐵杇也从金曼聲母官切
槾 鏝或从木臣鉉等案木部已有此重出
鑽 所以穿也从金贊聲借官切
鑾 人君乘車四馬鑣八鑾鈴象鸞鳥聲和則敬也从金从鸞省洛官切
鍰 鋝也从金爰聲虞書曰罰百鍰戶關切
◯
鈿 金華也从金田聲待年切
鋗 小盆也从金肙聲火玄切
鋋 小矛也从金延聲市連切
鏈 銅屬从金連聲力延切
銓 衡也从金全聲此緣切
鐉 所以鉤門戶樞

也一曰治門戶器也从金巽聲此緣切

鐫 穿木鐫也从金雋聲一曰琢石也讀若瀸子全切

鉛 青金也从金㕣聲與專切

鐐 白金也从金尞聲洛蕭切

銷 鑠金也从金肖聲相邀切

鐎 鐎斗也从金焦聲即消切

鏢 刀削末銅也从金票聲撫招切

鑣 馬銜也从金麃聲補嬌切

䥥 鑣或从角

鉊 大鎌也从金召聲謙謂之鉊張徹說止搖切

銚 温器也一曰田器从金兆聲以招切

鐈 似鼎而長足从金喬聲巨嬌切

鈔 叉取也从金少聲臣鉉等曰今俗別作抄楚交切

鐃 小鉦也軍法卒長執鐃从金堯聲女交切

鏖 温器也一曰金器从金麀聲於刀切

錭 鈍也从金周聲徒刀切

鈋 吪圜也从金化聲五禾切

銼 鍑也从金坐聲昨禾切

鑹 銼鑹也从金贏聲魯戈切

鈀 兵車也一曰鐵也司馬法晨夜內鈀車从金巴聲伯加切

鉈 短矛也从金它聲食遮切

釾 鏌釾也从金牙聲以遮切

鍜 錏鍜也从金叚聲乎加切

錏 錏鍜頸鎧也从金亞聲烏牙切

鍚 馬頭飾也从金陽聲詩曰鉤膺鏤鍚一曰鍱車輪鐵臣鉉等曰今經典作錫與章切

鈁 方鐘也从金方聲府良切

鑲 作型中腸也从金襄聲汝羊切

鎕 鎕銻火齊从金唐聲徒郎切

鐺

鋃鐺也从金當聲都郎切

鏜 鐘鼓之聲从金堂聲詩曰擊鼓其鏜土郎切

鋃 鋃鐺瑣也从金良聲魯當切

鍠 鐘聲也从金皇聲詩曰鐘鼓鍠鍠乎光切

鎗 鐘聲也从金倉聲楚庚切

錚 金聲也从金爭聲側莖切

鉦 鐃也似鈴柄中上下通从金正聲諸盈切

銘 記也从金名聲莫經切

釘 鍊鉼黃金从金丁聲當經切

鈴 令丁也从金从令令亦聲郎丁切

鋞 溫器也圜直上从金巠聲戶經切

鉶 器也从金刑聲戶經切

銒 似鐘而頸長从金开聲戶經切

鐙 錠也从金登聲臣鉉等曰錠中置燭故謂之鐙今俗別作燈非是都滕切

鐂 殺也徐鍇曰說文無劉字偏旁有之此字又史傳所不見疑此即劉字也从金从丣刀字屈曲傳寫誤作田亦力求切

鏐 弩眉也一曰黃金之美者从金翏聲力幽切

鍒 鐵之耎也从金从柔柔亦聲耳由切

鍭 矢金鍭翦羽謂之鍭从金侯聲乎鉤切

鍪 鍑屬从金敄聲莫浮切

鋚 鐵也一曰轡首銅从金攸聲以周切

鐔 劍鼻也从金覃聲徐鍇劒曰鼻人握處之下也徐林切

鍼 所以縫也从金咸聲臣鉉等曰今俗作針非是職深切

鐕 可以綴箸物者从金朁聲則參切

鈂 臿屬从金冘聲直深切

錟 長矛也从金炎聲讀若老聃徒甘切

銛 鍤屬从金舌聲讀若棪

棪桑[redacted]讀若鐮息廉切

鑯 鐵器也一曰鐫也从金韱聲臣鉉等曰今俗作尖非是子廉切

鎌 鍥也从金兼聲力鹽切

鉆 鐵銸也从金占聲一曰膏車鐵鉆敕淹切

鉗 以鐵有所劫束也从金甘聲巨淹切

鈐 鈐鐕大犂也一曰類相从金今聲巨淹切

銜 馬勒口中从金从行銜行馬者也戶監切

鑱 銳也从金毚聲士銜切

○

鉹 曲鉹也从金多聲一曰鬵鼎讀若摘一曰詩云侈兮哆兮尺氏切

錡 鉏䥏也从金奇聲江淮之閒謂釜曰錡魚綺切

⿰金危 臿屬从金危聲一曰瑩鐵也讀若跛行過委切

䥏 鉏䥏也从金御聲魚舉切

鋙 䥏或从吾

鉅 大剛也从金巨聲其呂切

鑪 煎膠器也从金虜聲郎古切

鍇 九江謂鐵曰鍇从金皆聲苦駭切

鍡 鍡鑸不平也从金畏聲烏賄切

鑸 鍡鑸也从金壘聲洛猥切

鎧 甲也从金豈聲苦亥切

鈗 侍臣所執兵也从金允聲周書曰一人冕執鈗讀若允余準切

鍵 鉉也一曰車轄从金建聲渠偃切

鏟 鏶也一曰平鐵从金產聲初限切

銑 金之澤者一曰小鑿一曰鐘兩角謂之銑从金先聲穌典切

錪 朝鮮謂釜曰錪从金典聲他典切

鉉 舉鼎也易謂之鉉禮謂之鼏从金玄聲胡犬切

錢 銚也古田器从金戔聲詩曰庤乃錢鎛即淺切又昨先切

钁

伐擊也从金亶聲旨善切

⿰金曉 鐵文也从金曉聲呼鳥切

鎬 溫器也从金高聲武王所都在長安西上林苑中字亦如此乎老切

鎖 鐵鎖門鍵也从金負聲穌果切

鏅 銼鏅也从金隋聲徒果切

鋌 銅鐵樸也从金廷聲徒鼎切

鈕 印鼻也从金丑聲女久切

玒 古文鈕从玉

釦 金飾器口从金从口口亦聲苦厚切

⿰金𠱠 酒器也从金𠱠象器形大口切

𠱠 ⿰金𠱠或省金

○

錗 側意从金委聲女恚切

⿱執金 羊箠端有鐵从金執聲讀若至脂利切

鐆 陽鐆也从金隊聲徐醉切

鎎 怒戰也从金氣聲春秋傳曰諸侯敵王所鎎許既切

鋸 槍唐也从金居聲居御切

鑢 錯銅鐵也从金慮聲良據切

鑄 銷金也从金壽聲之戍切

錮 鑄塞也从金固聲古慕切

鈦 鐵鉗也从金大聲特計切

銴 車樘結也一曰銅生五色也从金折聲讀若誓時制切

鏏 鼎也从金彗聲讀若彗于歲切

銳 芒也从金兌聲以芮切

𠟨 籒文銳从厂剡

鉞 車鑾聲也从金戉聲詩曰鑾聲鉞鉞臣鉉等曰今俗作鐬以鉞作斧戉之戉非是呼會切

鎩 鈹有鐔也从金殺聲所拜切

錞 矛戟柲下銅鐏也从金享聲詩曰厹矛沃錞徒對切

鎮 博壓也从金真聲陟刃切

鈏 錫也从金引聲羊晉切

鐼 鐵屬从金賁聲讀若熏火運切

鐏 柲下銅也从金尊聲徂寸切

鈍 錭也从金屯聲徒困切

釬 臂鎧也从金干聲侯旰切

鍛 小冶也从金段聲丁貫切

鐗 車軸鐵也从金閒聲古莧切

鍊 冶金也从金柬聲郎甸切

鋻 剛也从金臤聲古甸切

鏇 圜鑪也从金旋聲辭戀切

釧 臂環也从金川聲尺絹切

釣 鉤魚也从金勺聲多嘯切

鏡 景也从金竟聲居慶切

鑋 金聲也从金輕聲讀若春秋傳曰䡖而乘它車苦定切

鎣 器也从金熒省聲讀若銑烏定切

錠 鐙也从金定聲丁定切

鍑 釜大口者从金复聲方副切

鏉 利也从金欶聲所右切

鏤 剛鐵可以刻鏤从金婁聲夏書曰梁州貢鏤一曰鏤釜也盧候切

鏨 小鑿也从金从斬斬亦聲藏濫切

鑑 大盆也一曰鑑諸可以取明水於月从金監聲革懺切

○

鏃 利也从金族聲作木切

鋈 白金也从金芺省聲烏酷切

錄 金色也从金彔聲力玉切

鋊 可以句鼎耳及鑪炭从金谷聲一曰銅屑讀若浴余足切

鐲 鉦也从金蜀聲軍法司馬執鐲直角切

銍 穫禾短鎌也从金至聲陟栗切

鉥 綦鍼也从金朮聲食聿切

釳 乘輿馬頭上防釳插以翟尾鐵翻象角所以防網羅釳去之从金乞聲許訖切

銛

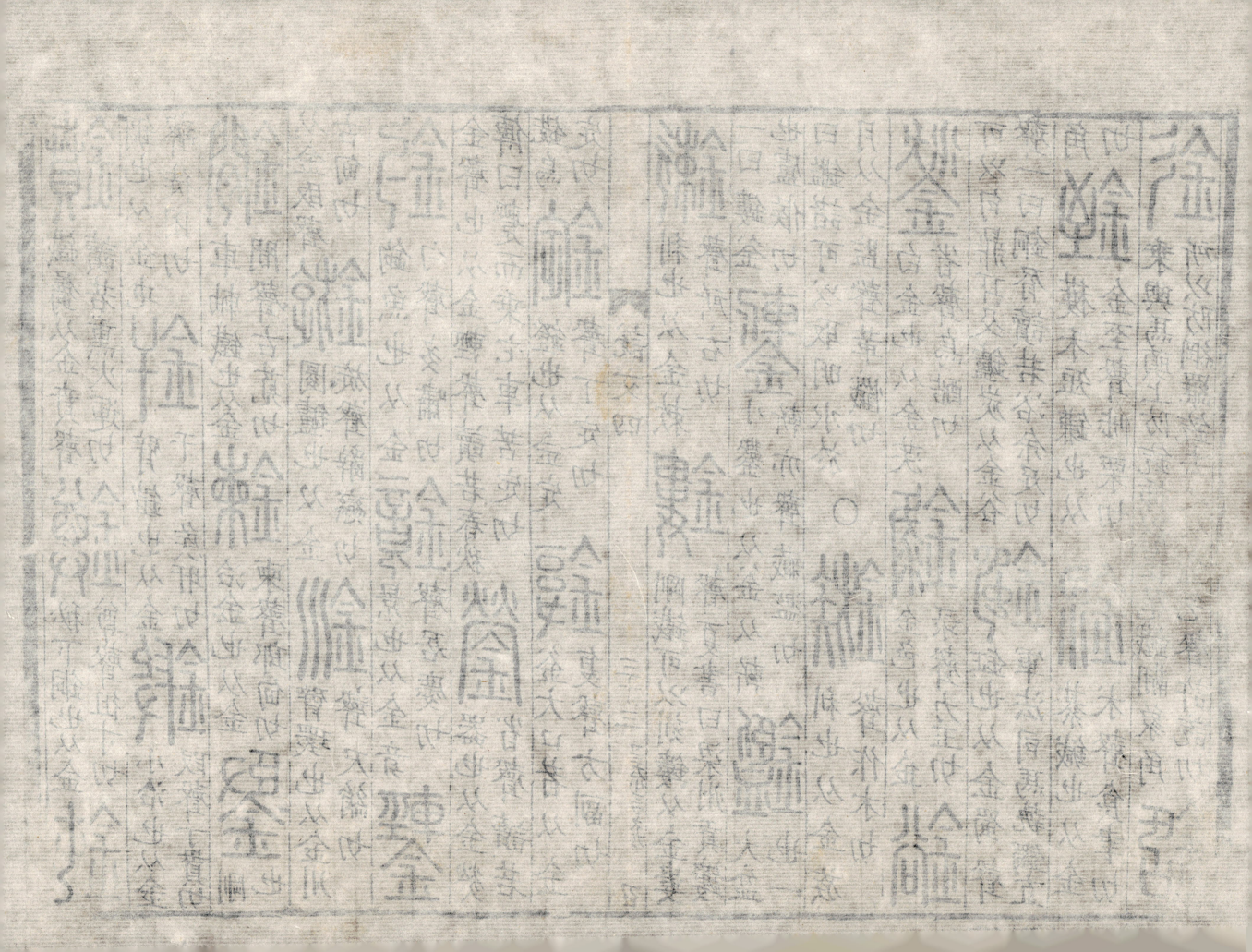

斷也从金昏聲古活切

鏺 兩刃木柄可以刈艸从金發聲讀若撥普活切

鐵 黑金也从金𢧜聲天結切

䥫 鐵或省

銕 古文鐵从夷

鍥 鎌也从金契聲苦結切

鈌 刺也从金夬聲於決切

鋝 十銖二十五分之十三也从金寽聲周禮曰重三鋝北方以二十兩爲鋝力輟切

鐅 河內謂臿頭金也从金敝聲芳滅切

鑠 銷金也从金樂聲書藥切

钁 大鉏也从金矍聲居縛切

鐸 大鈴也軍法五人爲伍五伍爲兩兩司馬執鐸从金睪聲徒洛切

鉻 鬄也从金各聲盧各切

鎛 鎛鱗也鐘上橫木上金華也一曰田器从金尃聲詩曰庤乃錢鎛補各切

鑮 大鐘淳于之屬所以應鐘磬也堵以二金樂則鼓鑮應之从金薄聲匹各切

鏌 鏌釾也从金莫聲慕各切

錯 金涂也从金昔聲倉各切

鑿 穿木也从金糳省聲在各切

鑊 鑴也从金蒦聲胡郭切

錫 銀鈆之間也从金易聲先擊切

鏑 矢鏠也从金啻聲都歷切

𨧥 裂也从金瓜普擊切

鏶 鍱也从金集聲秦入切

𨭟 鏶或从咠

鈒 鋋也从金及聲穌合切

錔 以金有所冒也从金沓聲他荅切

鍱 鏶也从金枼聲齊謂之鍱與涉切

銸 鉆也从金耴聲陟葉切

鋏 可以持治器鑄鎔者从金夾聲讀若漁人莢魚之

之莢一曰若挾持古叶切 鉣 組帶鐵也从金劫省聲讀若劫居怯切 鍤 郭衣鍼也从金臿聲楚洽切

文一百九十七 重十三

文七 新附

琴 禁也神農所作洞越練朱五弦周加二弦象形凡珡之屬皆从珡 巨今切 八十三 𨱔 古文珡从金

琵 琵琶樂器从珡比聲房脂切 ○ 琶 琵琶也从珡巴聲義當用枇杷蒲巴切

瑟 庖犧所作弦樂也从珡必聲所櫛切 𤦯 古文瑟

文二 重二 文二 新附

男 丈夫也从田从力言男用力於田也凡男之屬皆从男 那含切 八十四

舅 謂我舅者吾謂之甥也从男生聲所更切 ○ 甥 母之兄弟爲舅妻之父爲外舅从男臼聲其久切

文三

三 八十五 天地人之道也从三數凡三之屬皆从三 穌甘切

弎 古文三从弋

文一 重一

甘 八十六 美也从口含一一道也凡甘之屬皆从甘 古三切

曆 和也从甘从麻麻調也甘亦聲讀若函古三切

猒 飽也从甘从肰於鹽切

猒 猒或从㠯

甛 美也从甘从舌舌知甘者徒兼切 ○

甚 尤安樂也从甘从甘匹耦也常枕切

𠀚 古文甚

文五 重二

鹽 八十七 鹹也从鹵監聲古者宿沙初作煮海鹽凡鹽之屬皆从鹽 余廉切

盬 河東鹽池袤五十一里廣七里周行十六里从鹽省古聲公戶切 ○

鹼 鹵也

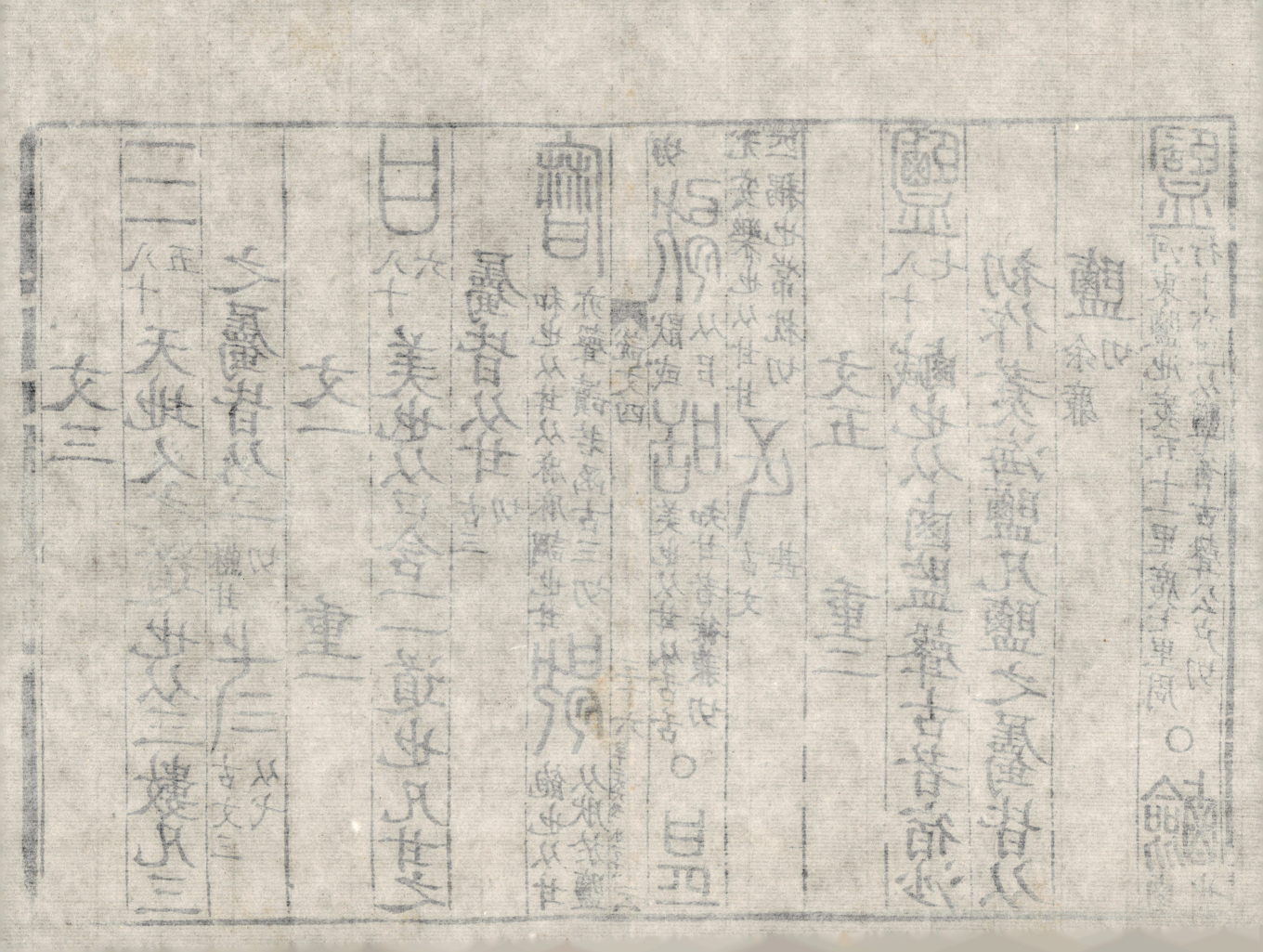

从鹽省僉聲魚欠切

文三

炎 火光上也从重火凡炎之屬皆从炎 于廉切 八十八

燅 於湯中爚肉从炎从熱省 徐鹽切 ⿰炙炎 或从炙

○燣 侵火也从炎亯聲讀若桑葚之葚 力荏切

⿰炎舌 火光也从炎舌聲 臣鉉等曰舌非聲當从甛省 以冄切

燄 火行微燄燄也从炎臽聲 以冄切

○粦 兵死及牛馬之血爲粦粦鬼火也从炎舛 良刃切 徐鍇曰案博物志戰鬬死亡之處有人馬血積年爲粦粦著地入艸木如霜露不可見有觸者著人體便有光拂拭即散無數又有吒聲如鬻豆舛者人足也言光行著人

煔 火行也从炎占聲 舒贍切

○燮 大孰也从又持炎辛辛者物孰味也 蘇俠切

文八 重二

彡 毛飾畫文也象形凡彡之屬皆从彡 所銜切 八十九

彫 琢文也从彡周聲 都僚切

彰 文彰也从彡从章章亦聲 諸良切

形

象形也从彡幵聲户經切修飾也从彡攸聲息流切 ○ 彩文章也从彡采聲倉宰切

㐱稠髮也从彡从人詩曰㐱髮如雲之忍切鬒㐱或从髟眞聲

[彡青]清飾也从彡青聲疾郢切 ○ 㣎細文也从彡㬎省聲莫卜切

弱橈也上象橈曲彡象毛氂橈弱也弱物并故从二𢎘而勺切

文九　重一

文一　新附

髟九十

髟長髮猋猋也从長从彡凡髟之屬皆从髟必凋切又所銜切

髶亂髮也从髟茸省聲而容切鬌髮隋也从髟隋省直追切鬐馬鬣也从髟耆聲渠脂切[髟盧]鬣也从髟盧聲洛乎切髡鬄髮也从髟兀聲苦昆切髨或从元䰉臥結也从髟般聲讀若槃薄官切鬗髮長也从髟㒼聲讀若蔓母官切

鬟總髮也从髟睘聲案古婦人首飾琢王爲兩環此二字皆後人所加户關切

鬜鬢秃也从髟閒聲苦閑切 ○ [髟臱]髮皃从髟臱聲讀若宀莫賢切鬈髮好也从髟卷聲詩曰其人美且鬈衢員切髫小兒垂結也从

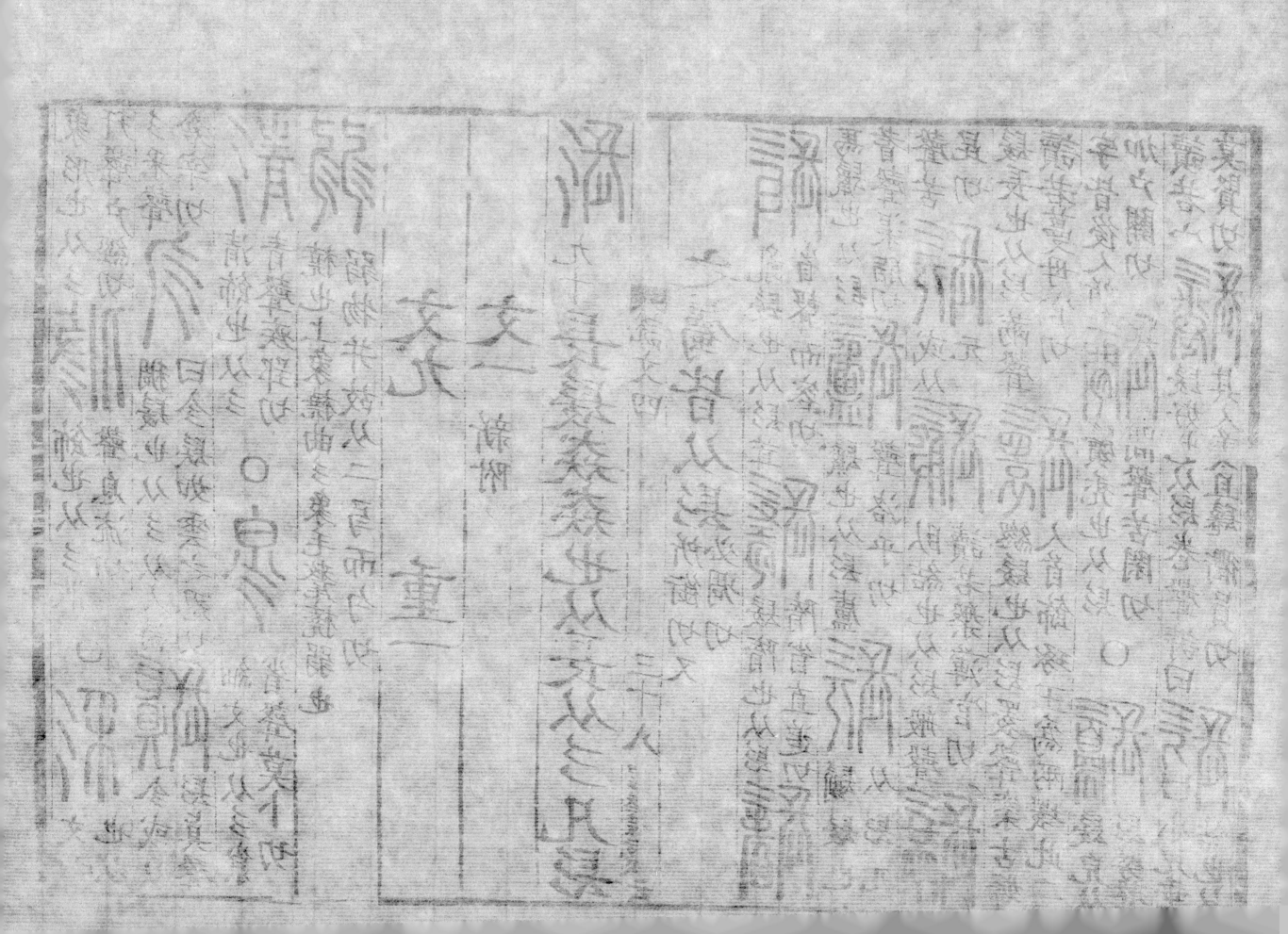

髟召聲徒聊切 髮也从髟从毛莫袍切 髮至眉也从髟敄聲詩曰紞彼兩髳
亡牢切 髳或省漢令有髳長 喪結禮女子髽衰弔則不髽魯臧武
仲與齊戰于狐鮐魯人迎喪者始髽从髟坐聲莊華切 髮多也从髟周聲直由切
髮皃从髟咅聲步矛切 髮長也从髟監聲讀若春秋黑肱以濫來奔魯甘切
鬑鬋也一曰長皃从髟兼聲讀若慊力鹽切 ○ 髮皃从髟爾聲讀若江南
謂酢母為⿱髟爾奴礼切 髮好也从髟差千可切 ○ 鬄也从髟皮聲平義
切 用梳比也从髟次聲七四切 屈髮也从髟貴聲丘媿切

⿱髟益也忽見也从髟彔聲彔籒文魅亦忽見意芳未切 結也从髟付聲方遇切
鬀髮也从髟弟聲大人曰髡小兒曰鬀盡及身毛曰鬀臣鉉等曰今俗別作剃非是他計切
髲也从髟易聲大計切又先彳切 鬄或从也聲 總髮也从髟吉聲古通用結古
詣切 簪結也从髟介聲古拜切 鬜髮也从髟春聲舒閏切
頻髮也从髟賓聲必刃切 女鬢垂皃从髟前聲作踐切 ⿱髟莫帶結飾也
从髟莫聲莫駕切 ⿱髟莫也从髟竝聲蒲浪切 ○ 髴若似也从髟
弗聲敷勿切 根也从髟犮聲方伐切 髮或从首 古文

髺 潔髮也从髟昏聲古活切

𩯭 束髮少也从髟截聲子結切

鬄 鬄髮也从髟从刀易聲他歷切

鬣 髮鬣鬣也从髟巤聲良涉切

𣰷 鬣或从毛

𤢣 或从豕

文三十八　重七

文四　新附

重刊許氏說文解字五音韻譜卷四

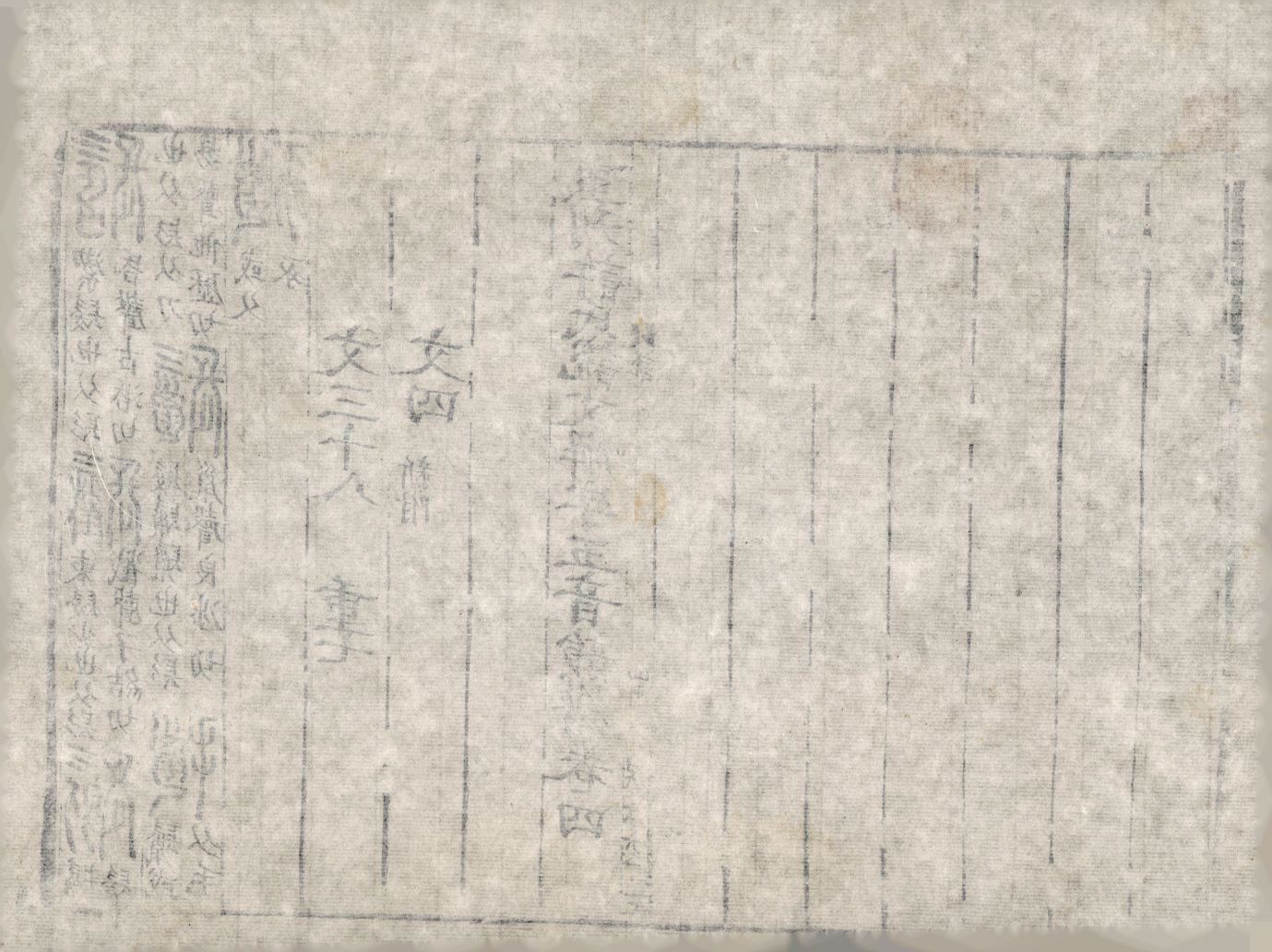

五福五代堂古稀天子寶

八徵耄念之寶

太上皇帝之寶